KB103596

**Work Distance**


발　행 | 2022년 8월 1일
저　자 | 백승진
펴낸곳 | 한국문화예술
디자인 | arti.bee
출판사등록 | 2022년 5월 2일(제2022-000008호)
주　소 | 경북 포항시 남구 오천읍 냉천로 298 가가빌딩 한문예
전　화 | 1670-8316
홈페이지 | www.moonwha.kr
이메일 | art@moonwha.kr

ISBN | 979-11-978943-0-5


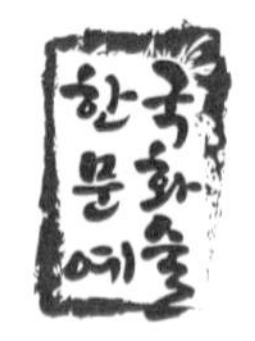

지금, 머뭇거리는 당신을 위한 힐링 에세이

# Walk Distance

백승진 지음

목차

# 1장

—

# 걸음

# 1장

## 걸음

걸음은 내게 삶이었고, 거리는 삶이 고스란히 담긴 장소였다. 나는 그 두 가지가 없는 삶을 상상하지 못했다. 걸음보다 빠른 속도는 거북해 멀미를 했고, 낯선 거리에는 금방 적응해 구석구석 살피는 게 나였으니까. 그것이 없다면 내 삶을 다른 무엇으로 채울지 전혀 떠오르지 않았다. 어른이 되기 전까지는.

멀리 수평선으로부터 바람이 불어왔다. 날카로운 겨울 바닷바람이었다. 가장 소중한 것을 잊어버렸던 나를 꾸짖으려는 듯, 왜 이렇게 뒤늦게서야 돌아왔냐고 윽박지르는 듯, 바람이 내 뺨을 철썩 때렸다. 해변의 모래도 바람에 휘말려 불어왔다. 차가운 알갱이들이 눈으로 들어오게 되었다. 몸을 허우적거리며, 나는 따가운 눈을 비볐다. 눈물이 흐르고 눈두덩이가 붉게 변했다. 따갑고 화끈거릴 정도로 눈을 비빈 후에야 모래 알갱이들을 전부 빼낼 수 있었다. 뿌옇게 번져버린 시야 속 바다는 바로 전까지와 전혀 다른 모습을 하고 있었다. 수평선에서 빛나고 있는 등대의 불빛, 파도 위에서 부서지는 달빛, 해변의 모래 알갱이 하나하나가 커다랗게 난반사되어 내 눈을 가득 채웠다. 그것들이 점점 커질수록 그 안에 적힌 빼곡한 글귀들이 보였다.

*

포항의 북쪽, 월포해수욕장 근방의 작은 마을 월포리는 내 고향이었다. 거기서 나고 자란 나는 바다에서 뛰노는 것보다 홀로 동네의 골목골목을 산책하길 즐겼다. 이제 와 생각해도 시원한 바닷물을 친구 삼아 노는 대신 산책에 몰두했는지 모를 노릇이다. 따스한 감정으로 남아있지만, 뚜렷한 장면은 시간이 지나면서 사라지고 말았다.

초등학교에 들어가기 전까지만 해도 그 장면을 떠올

리려 부단히 노력했다. 하지만 산책은 그런 과거의 일 말고도 아주 많은 흥미로운 면면들과 나를 만나게 했기에, 나는 어느새 산책을 좋아하게 된 이유는 내팽개친 채 지금 내가 걷고 있는 길과, 그 길 위에서 만나는 길고양이, 야생풀, 이름 모를 새 같은 것에 눈을 돌려버렸다.

그렇게 눈 돌릴 수 있던 시기가 얼마나 소중했는지는 나중에서야 깨달았다. 내가 초등학교에 막 입학해야 하던 시기 IMF가 닥쳐왔다. 그 단어의 뜻은 몰랐다. 단지 기울어가는 가세와 하루가 다르게 근심으로 젖어가는 부모님의 표정, 일자리를 찾아 마을을 떠나는 이웃들의 모습 속에서 내가 알던 세상이 무너져내리고 있다는 사실을 어렴풋이 느꼈다.

매일 아침 일찍 출근하시던 아버지가 한 달 넘게 집에 머물렀다. 어머니는 마을에서 가까운 시내로 가 남의 집 살림을 대신하며 돈을 벌어왔다. 안방에서 담배 냄새와 술 냄새가 지독하게 풍기기 시작했고, 어머니는 그런 아버지를 보며 한탄을 멈추지 않았다. 결국 집안의 물건을 서로에게 던지며 싸우는 지경에 이르렀다.

늘 사랑과 배려로 서로를 대하던 어머니와 아버지가 그런 식으로 돌변하자 나는 삶의 갈피를 잡을 수 없었다. 게다가 IMF 때문에 초등학교 입학도 하지 못한 터라 나는 그야말로 무인도 한가운데 내던져진 기분에 휩싸여 하루하루를 보냈다. 미소만 머금었던 얼굴엔 그늘이, 웃음만 짓던 입에는 욕이 끈끈하게 달라붙어 떨어지지 않았다. 하루는 지나가는 동네 아이의 웃는 소리가 너무 듣기 싫어 앞니가 전부 부러질 때까지 그 아이를 때렸다.

그제야 부모는 심각성을 느꼈다. 아들의 안에 똬리 튼 맹수를 감지한 그들은 황급하게 그들의 갈등을 봉합했다. 아버지는 여전히 술과 담배를 달고 살았지만, 집에서 잠만 자는 대신 집 근처 빈 건물의 1층 자리를 얻어 중국집을 열었다. 어머니는 이미 정이 떨어질 때로 떨어진 남편과 동업을 끔찍하게 여겼지만, 아들이 더 비뚤어지는 것을 막기 위해 이를 앙 다물고 중국집에서 일했다. 그들이 겨우겨우 벌어낸 돈으로 나는 초등학교에 입학했다.

그들은 아들이 온순해지길 바랐다. 자애로운 선생의 보살핌 아래서. 아니, 무시무시한 선생의 손찌검으로라도 내 안에 자라나는 무언가를 끊어낼 수 있다면 기꺼이 따르겠다는 입장이었다. 오히려 후자의 상황을 더 바랐을지 몰랐다. 그들도 부모가 처음이었으니까. 나를 키울 방법은 어떻게든 마련할 수 있었겠지만, 나를 다룰 방법은 그들에게 없었다.

나보다 어리고 체격도 작은 반 아이들이 가장 먼저 나의 표적이 되었다. 겨우 한 살 차이였지만, 막 성장할 시기에 아이들 사이에선 그 1년 차이도 어마어마했다. 게다가 아이들은 세상을 향해 내가 품고 있는 증오가 얼마나 거대한지 동물적으로 알아챘다. 그 불똥이 자기에게도 튈까 무서워 알아서 저자세를 취했다. 곧 선생에게도 반항을 시작했다. 맞으면서도 덤볐고 교무실을 밥 먹듯 들락날락했다.

어머니와 아버지도 그들 나름의 고충으로 내 학교 생활에 미처 신경 쓰지 못했다. 중국집에 방문하는 손님을 대접하기 위해서였다. 하지만 그건 절대 자의가 아니었다. 그 시기 동네에 하나뿐인 중국집에는 근방에서 활동하는 건달들과 무뢰한들이 자주 방문했다. 자신들의 담당구역이 아님에도 불구하고 은근히 무력을 드러내 어머니와 아버지에게 이런저런 요구를 해댔다. 대부분 주문하지도 않은 비싼 음식을 내놓으라는 것이었다. 아버지와 어머니는 자릿세를 받아가지 않는 게 어디냐며 안도했다.

그런 모습을 보며 나는 처음으로 부모가 안쓰러웠다. 넓게만 느껴지던 그들의 등이 쪼그라드는 것 같았다. 부모를 상대로 그런 생각을 했다는 것을 깨닫고 죄책감을 느꼈다. 그러다 문득 오히려 그것이야말로 삶의 법칙일지도 모른다는 생각이 들었다.

추측은 점점 확신으로 바뀌었다. 학교에서 돌아오면 나도 중국집 일을 거들어야 했다. 자연스럽게 산책과는 멀어졌다. 처음에는 좀이 쑤셨다. 하지만 중국집에서 음식을 나르고, 뜨거운 불길을 견디며 설거지를 하고 집으로 돌아오면 움직일 수조차 없이 녹초가 되어버렸다.

잔뜩 헐어버린 몸과 마음으로 살아가던 어린 내게 활력은 단 하나, 건달들이었다. 부모가 초라해 보이기 시작한 때부터 마음 한구석에는 건달들을 동경하는 감정이 자라났다. 비록 어둡고 지저분한 일을 하는 자들이었지만, 아무도 그들에게 이래라저래라 하지 못했다. 오히려 그들은 누군가를 부리고 발아래 두는 것에 익숙한 사람들이었다. 그들 몸 곳곳에 난 흉터도 내게는 인생의 승리를 가득 머금은 회심의 미소처럼 보였다.

건달들의 눈에 들기 위해 그들이 중국집에 오면 다른 손님에게 하는 것보다 깍듯하게 맞았다. 어머니는 그런 나를 말리려 했지만, 내가 아니면 어머니가 그들을 상대해야 했기에 어느 순간부터는 슬쩍 발을 빼 내 뒤로 숨었다.

처음에 건달들은 나를 우습게 여겼다. 일부러 음식이나 식기를 흘리고 나더러 치우라고 했다. 그러나 나는 그런 만행에도 친절하게 대응하며 그들의 눈에 내 얼굴을 새기려 했다. 조금 시간이 걸렸지만, 초등학교 졸업반이 될 즈음 드디어 그들이 나를 알아보기 시작했다. 어이, 거기, 같은 호칭으로 일관하던 그들이 나를 이름으로 부르기 시작한 것이다. 승진아, 백승진이, 우리 승진이. 담배 연기를 뻐끔뻐끔 뿜어대며 장난스럽게 나를 부르던 그 목소리가 왜 그토록 달콤하게 느껴졌을까.

그 시기 학교에서도 내가 정 붙일 무리가 나타났다. 나와 비슷한 가정환경을 가진, 그러니까 훈육하는 법을 모르는 부모가 내팽개치듯 학교에 보낸 아이들이었다. 우리는 우리 세력이 아닌 다른 아이들과 치고받으며 하루를 보냈고, 우리 무리 안에서도 싸움을 일삼았다. 내뻗는 주먹에는 상대를 향한 악의보다는 삶을 향한 증오가 담겨 있었다.

*

최 형은 중학교 졸업반으로 나와 내 무리의 우두머리였다. 그는 나를 가장 많이 때린 사람이었고, 나를 가장 각별한 동생으로 여긴 사람이었다. 나는 그에게 맞으며 꽤 많은 걸 배웠다. 그게 뭐냐고 묻는다면 구체적으로 무엇이라 말하기 어렵다. 마음과 마음으로 전해지는 무언가였다. 최 형의 주먹 때문에 생긴 멍에는 통증과 함께 그런 아릿한 감정이 아로새겨졌다.

서로에게 주먹을 겨누는 우정을 이어가며 나는 점점 더 골칫덩이가 되었다. 선생들은 불량아들과 몰려다니는 나를 포기하기 시작했고, 가게에서는 건달들과 부쩍 가까워진 나를 부모가 걱정스러운 시선으로 살폈다. 하지만 누구도 별다른 조치는 취하지 않았다. 부모의 곁눈질에 담긴 무력감을 알아챘지만, 나는 꿋꿋이 등을 돌린 채 건달들의 담배 연기 속으로 걸어갔다. 아무것도 못하는 건 나약해서라고 그때 나는 믿었다.

최 형은 건달들과도 연이 닿아 있어서 자주 시내로 나갔다. 때론 배나 어깨에 붕대를 감거나, 팔과 다리에 깁스를 하고 돌아왔는데. 어린 우리에게 그건 볼썽사나운 상처가 아니라 싸움의 전리품이었다. 최 형은 건달들과 함께 나선 길 위에서 어떤 기상천외한 일을 겪었는지 들려주었다. 그 무용담을 듣다 보면 내 안에서 무언가 뜨겁게 끓어올랐다.

그 감정의 출처를 도저히 알 수 없어 혼란스러웠다.

하지만 최 형이 서울에 갔다 돌아온 날, 벌어진 상처를 봉합하기 위해 바늘과 실을 수십 개나 썼다는 무용담을 들려준 날, 나는 깨달았다. 나는 서울로 가고 싶었다. 시시한 월포리를 벗어나 넓고 거대한 세상에 나를 내던지고 싶던 것이었다. 그 감정의 정체를 깨달았을 무렵, 나는 사타구니와 겨드랑이에 검은 털로 수북해진 고등학생이 되어 있었다.

*

최 형을 향한 묘한 동경심과 함께, 2차 성징을 겪는 나를 뒤흔든 것은 가은이었다. 그녀는 내가 고등학교에 막 입학한 시기 서울에서 월포리로 이사 왔다. 평생을 이곳 시골 마을에서 산 아이들에게 그녀의 서울 말투는 거부감을 불러일으켰다. 특히 여학우들은 가은을 곱게 받아주지 않았다. 서울깍쟁이, 재수 없는 년, 야반도주 같은 별명을 붙여가며 그녀를 깎아내렸다.

하지만 가은은 크게 신경을 쓰지 않았다. 뭐라고 떠들면 떠드는 대로 내버려 두었다. 그런 짓은 이미 유치하다는 듯 묘한 비웃음을 날릴 때도 있었는데, 그럴 때마다 가은은 고개를 숙여 기다란 생머리로 그 표정을 가렸다. 얼핏 아이들의 험담에 지쳐 고개를 떨군 것으로 보이기도 했다. 승리감에 도취된 아이들이 낄낄거리면서 사라지면 가은은 언제 그랬냐는 듯 다시 고개를 들고 머리를 질끈 묶었다. 교실 창문 바깥에서 들이치는 밝은 햇살이 그녀의 하얀 얼굴 위로 서렸다.

나는 그녀의 그런 모습을 사랑했다. 그 누구도 부술 수 없을 것처럼 견고한 내면. 자기에게 날아드는 힐난과 음해를 정면으로 받아치는 것이 아니라 이리저리 휘어 버리며 상황을 무마하는 처세. 나는 본능적으로 안 것이다. 내가 가지지 못한 걸 그녀가 가지고 있다는 사실을. 하지만 내 안에는 아직 덜 자란 사나운 소년이 존재했기에, 그런 말랑말랑한 감정을 무작정 받아들이진 못했다. 대신 나는 일정 거리 떨어져 그녀를 관찰하기 시작했다.

처음 며칠간은 이렇다 할 특징 같은 것을 발견하지 못했다. 그런데 몇 주가 지나자 눈에 들어오는 것이 하나 있었다. 가은이 항상 가지고 다니는 물건이었다. 그건 일주일 단위로 바뀌었다. 어떨 때는 딱딱해 보이는 표지였고, 어떨 때는 다 낡아 누렇게 변색된 표지였다. 그것을 한 장 한 장 넘기며 그 안에 담긴 내용을 눈으로 훑는 가은은 행복해 보였다. 조소가 아닌 진짜 웃음을 지었다.

그 물건은 책이었다. 월요일 점심시간, 가은은 학교 도서관으로 가서 책 하나를 빌렸고, 금요일 점심시간에 반납했다. 다음 주에도, 또 다음 주에도. 시골 학교의 도서관은 좁고 권수도 많이 없었다. 이런 식이라면 학기가 끝날 즈음엔 가은이 도서관에 있는 책을 전부 다 읽어버릴 것만 같았다. 마지막 책을 반납하는 날, 그녀가 홀연히 이 학교를 떠나지 않을까 하는 망상은 그때부터 시작되었다.

가은을 잃기 싫었다. 그녀를 향한 마음을 애써 부정하면서도, 책을 읽고 아이들의 유치한 장난으로부터 자신을 분리해낼 줄 아는 그녀의 어른스러운 모습에서 나는 묘한 위로를 얻었다. 나도 저렇게 되고 싶다는 것은 아니었다. 다만 그녀 옆에서 그녀의 모습을 오래오래 보고 싶었다. 쭈뼛거리며 도서관을 찾은 건 오직 그 이유 때문이었다. 가은이 사라지기 전, 그녀에게 말이라고 걸어보기 위해. 그러기 위해서는 공통의 주제가 필요했고 내가 아는 한 가은과 대화를 할 주제는 책이 유일했다.

문제아로 소문난 내가 도서관을 방문하자 사서 선생은 경계했다. 그 옆에서 책을 정리하던 여자애도 의외라는 눈으로 나를 훑었다. 하지만 내가 입구 가장 가까운

서가에 꽂힌 아무 책이나 황급히 뽑아 들고 사서에게 내밀자 경계의 표정은 의아함으로 바뀌었다. 그런 표정을 뒤로하고 나는 도서관을 나섰다. 책을 쥔 손에 하얗게 힘이 들어갔다.

책은 어려웠다. 어려운 학문 서적은 아니었지만. 위인전이나 수기 같은 책이었다면 더 쉬웠을까. 확신할 수 없다. 내가 뽑아온 것은 이름도 외우기 어려운 외국 작가가 쓴 긴 소설이었다. 표지가 전부 바래져 제목을 읽을 수 없었는데. 내용도 괴랄하기 짝이 없었다. 예수쟁이 집안에서 자란 샌님 남자애가 모두에게 불량아로 낙인찍힌 남자애를 만나면서 펼쳐지는 이야기였는데. 피터팬이나 울트라맨이 악당과 싸우며 벌어지는 재미난 이야기와 너무나 다른, 재미도 없는 샌님 남자애의 독백으로 가득했다.

가은이 보는 책도 이럴까? 어쩌면 내가 책을 잘못 고른 것일지도 몰랐다. 점심시간이 전부 지나도록 밥도 안 먹고 책을 붙잡고 있으며 나는 그런 고민을 했다. 밥을 모두 먹고 기운이 넘쳐 돌아 복도를 뛰어다니던 아이들이 책을 읽는 나를 이상한 눈으로 살피는 것도 보지 못했다.

“새는 알에서 나오기 위해 투쟁한다.”

그때 누군가 내 뒤에서 말했다. 친구들의 걸걸한 목소리가 아니었다. 나는 얼른 뒤를 돌아보았다. 가은이 거기 서 있었다. 텅 빈 교실, 그녀가 전학 온 이후로 우리는 그 어느 때보다 가까이 서 있었다. 무언가 감각적인 표현을 하고 싶지만, 그럴 수 없다. 바로 그 순간 내 온 신경이 가은이라는 사람에게 집중하느라 모든 감각이 일시적으로 마비되어 버렸으니까.

책이랑은 멀어 보였다며, 의외로 좋은 책을 고르는 눈이 있다며, 가은은 내가 들고 있던 낡은 책을 가리키며 말했다. 거기서 그치지 않고 가은은 내게 그 책의 제목이 등장인물의 이름과 같은 데미안이라는 사실까지 알려주었다. 그녀가 세 번째로 좋아하는 책이라고도 말했다.

왜 세 번째인지 묻지 못했다. 나머지 두 책 모두 내가 모르는 책일 게 분명했으니까. 그녀가 책 제목을 말했을 때 굳어버리는 내 얼굴과, 그런 나를 보고 그럼 그렇지 하며 자기 자리로 돌아갈 가은을 보고 싶지 않았다.

"책, 같이 골라줘."

대신 나는 그렇게 말했다. 내 밑천을 드러내지 않으면서 그녀와 이런 대화를 하기 위해선 부탁만이 유일한 방법이었다. 누군가에게 부탁이란 걸 해본 적 없는 나였기에 너무나 어색한 어조로 말해버리고 말았다. 그럼에도 불구하고 가은은 고개를 끄덕여주었다. 그러면서 미소 지었다. 조소는 아니었다. 그것만으로도 안심이 되었다.

이후 나는 월요일 점심시간과 금요일 점심시간마다 가은과 함께 도서관으로 향했다. 그럴수록 도서관이라는 공간이 좋아졌다. 어느 순간부터는 도서관으로 향하는 복도가 거대한 꽃밭으로 들어가는 입구처럼 소중하게 여겨졌다. 오래된 나무 복도 바닥에서 나는 끼익 끼익 소리도 고급스러운 현악기 소리처럼 들릴 정도였으니까.

가은의 읽는 속도를 따라갈 수 없었기에 책을 반납하는 금요일까지도 내용의 반의 반도 소화 못했다. 하지만 얕게나마 쌓이는 독서 경험으로 그녀와 대화를 나누는 게 너무 좋았다. 도서관을 향해 걷는 한 걸음 한 걸음마다 나는 가은을 향한 마음을 아로새겼다.

그 사이 최 형은 고등학교를 졸업했고 본격적으로 건달의 삶을 살기 시작했다. 나와 친구들 모두 그에 대한 동경심이 커졌다. 누군가는 최 형에게 잘 보여 일찍 건달이 되려 했다. 이유는 대부분 비슷했다. 시내로, 도시로, 마침내는 서울로 나가고 싶다는 열망이었다. 그즈음 아이들을 하나로 묶은 것은 끓어오르는 호르몬과, 그것을 담아내기엔 좁아터진 월포리를 향한 지긋지긋함이었다.

나는 고등학교를 올라오기 한참 전부터 그런 마음을 품고 있었다. 최 형도 그걸 모르지 않았다. 아이들이 아무리 최 형에게 접근하려 해도, 그는 곁을 내어주지 않았다. 오직 내게만 각별했다. 내가 아이들 중에 가장 악랄해서였을까. 혹은 내가 아이들 중 가장 정을 붙이고 싶을 만큼 순박해서였을까. 두 이유 모두 정답일 수 있고 아닐 수도 있었다. 가은과 함께 책을 읽을수록 나는 그런 이분법적 구분이 얼마나 삶을 피폐하게 만드는지 알게 되었다. 주인공들의 모습과 책의 교훈들을 통해서 말이다.

그래서 최 형이 내게 함께 서울로 올라가자고 말했을 때 덥석 그러겠다고 말하지 못했다. 둘 중에 하나를 선택하는 양자택일은 다른 하나의 가능성을 끊어버리는 일이니까. 그렇게 끊어낸 가능성은 뿌리 잘린 나무가 되어 내 마음속 어딘가에서 서서히 썩어갈 것이다. 만약 가은을 만나기 전이었다면, 나는 기꺼이 서울행이라는 나무를 오르기 시작했겠지. 하지만 가은을 만나 그녀와 함께 책과 인생에 대해 떠듬떠듬 논할 수 있게 된 지금 내가 잘라내야 하는 것은 가은과 함께 한 시간이었고,

함께 할 수 있는 모든 것이었다.

최 형에게 일주일만 말미를 달라고 부탁했다. 최 형은 이미 형님들 사이에선 결정이 난 일이라 일주일 안에 답을 해주지 않으면 자기도 방법이 없다고 일갈했다. 왜 이제와 이러냐는 의문과 짜증이 담긴 말투였다. 나는 고개만 끄덕인 채 집으로 돌아왔다. 장사 마감을 마친 후 가게를 떠날 채비를 하던 부모에게 그 사실을 말했다.

처음엔 도마가, 그다음엔 쟁반이, 마침내는 거대한 중식칼이 날아들었다. 전부 내 앞에 닿지도 못한 채 애꿎은 주방 바닥을 칠 뿐이었다. 어머니는 주저앉아 한숨만 내쉬었다. 한바탕 소란이 끝난 후 아버지는 터덜터덜 가게 입구를 향해 걸어갔다. 내 바로 옆까지 걸어온 그는 돌연 몸을 돌려 내 뺨을 때렸다. 그리곤 이를 악문 채 말했다.

"그런 것들하고 놀아났다간 내가 죽어버릴 테니 언제든 말해봐라."

말릴 생각도 없이 푹푹 한숨만 내쉬던 어머니는 아버지가 가게를 나가자 바닥에 떨어진 식기를 주섬주섬 주워 설거지하기 시작했다. 하얀 세재 거품을 바라보며 그녀는 제발 다시 생각해보라고 말했다. 더러운 것은 빨리 씻어내면 그만이라고. 그런데 찌들어버린 때는 손 가죽

이 벗겨질 정도로 독한 락스를 써도 잘 안 지워진다고. 나는 대답하지 않은 채 가게를 나왔다.

선생들에겐 진상을 말하지 않은 채 그저 자퇴하고 싶다고 말했다. 올 것이 왔다는 얼굴들이었다. 오히려 잘됐다고 생각하는 것 같기도 했다. 기회는 이때라고 생각했는지 선생 하나가 내게 비아냥거리기 시작했다. 성적이 저조해서 지금 이대로 자퇴하면 고등학교 졸업도 못 한 채 무뢰한처럼 살아갈 거라는 말이었다.

평소였다면 그런 협박은 소용없었을 것이다. 하지만 지금의 나를 자극하기엔 충분했다. 정신을 차렸을 때 나는 내게 비아냥거린 선생을 때려눕히고 다른 선생들에게 교무실 밖으로 끌려나가고 있었다.

바로 부모가 학교로 호출되었고, 그 상황을 보거나 들은 아이들에 의해 소문이 퍼졌다. 부모가 연신 고개를 조아려 상황은 일단락됐다. 하지만 나는 알았다. 집으로 돌아가면 아버지에게 죽도록 맞게 될 거라는 사실을. 아니, 어쩌면 그가 내 앞에서 직접 자기 목을 그을지도 몰랐다. 그러나 나를 더 두렵게 한 것은 가은이 나를 어떻게 볼지었다. 자초지종까지 모두 포함된 소문을 그녀만 듣지 못했을 거라 기대하는 건 바보짓이었다.

그날은 금요일이었다. 점심시간이 다가오는 중이었

고. 나는 숨을 죽인 채 가은이 내게 먼저 도서관으로 가자고 말하는지 지켜보았다.

가은은 점심시간 종이 치자마자 교실을 떠났다. 나는 돌아보지도 않은 채. 나는 황급히 그녀를 따라갔지만 교실 바깥에도, 도서관으로 가는 복도에도 그녀는 없었다.

눈물이 눈앞을 가렸다. 모든 것이 뿌옇게 번졌다. 쓰러지듯 나자빠져 우는 나 때문에 도서관으로 향하는 복도가 시끄럽게 삐걱거렸다. 그 소리가 나를 비웃고 저주하는 악마들의 목소리처럼 여겨졌다. 나는 넘어졌다. 내 발에 걸려서.

그때 복도 끝에서 누군가의 인기척이 느껴졌다. 가은인가 싶어 바라보았지만, 눈물로 얼룩진 시야로는 전혀 알아볼 수 없었다. 하는 수 없이 나는 그 누군가를 향해 손을 뻗었다. 그러자 누군가는 순식간에 사라졌다. 뒤도 돌아보지 않은 채 멀어지는 발걸음 소리 속에서 나는 가은과 함께 했던 행복한 한 걸음 한 걸음이 전부 사라지는 것을 느꼈다.

*

곧장 학교를 뛰쳐나왔다. 그리고 달렸다. 운동장을 가

로지르는데, 마침 체육 수업을 하고 있던 아이들의 시선이 내게 쏠렸다. 성질이 더럽기로 소문난 체육 선생이 내 뒤를 따라왔다. 그는 내 어깨를 부여잡았다. 악력이 상당했다. 평소라면 비명을 지르며 나가떨어졌겠지만. 그때 나는 이를 악물고 버텼다. 다른 손으로 운동장 흙을 퍼 체육 선생의 눈에 뿌렸다. 예상치 못한 공격에 당황한 그는 눈을 부여잡고 넘어졌다. 그러자 교실 창문들이 열리며 바깥의 소란을 살펴보려는 아이들의 얼굴이 나타났다.

가은도 저기 어디에 있을까. 있었다 해도 소용없다. 이전까지만 해도 그녀는 내 서울행에는 아무 관심 없는 듯 행동했다. 하지만 나는 알았다. 그녀가 자꾸 나를 도서관으로 데려가 두꺼운 책만 골라주는 건, 월요일 등굣길이면 자기 집에서 학교로 가는 길 대신 우리 집 앞으로 돌아가는 길을 선택한 건, 내 서울행을 반대하려는 그녀만의 온건한 태도였다는 걸. 나와 계속 함께 책을 읽고 이런저런 대화를 나누고 싶다는 수줍은 제안이었다는 걸.

내가 그 모든 걸 망쳤다. 어떻게 해야 이 혼란을 되돌릴 수 있을까. 꼬리에 꼬리를 무는 자책과 분노 속에서 정신을 차렸을 때 나는 해변에 서 있었다. 해가 뉘엿뉘

엿 지고 있었다.

정처 없이 해변을 걸었다. 실로 오랜만이었다. 마지막으로 해변을 걸은 것은 아주 어릴 적이었다. 흐릿한 기억 속에서 나는 수평선 아래로 사라지는 해와 붉은 노을을 보며 웃음 짓고 있었다. 무엇이 그렇게 즐거웠을까. 나는 지는 해를 쳐다보았다. 너무 밝아 눈이 아팠다. 손으로 해를 가려보았지만, 햇빛은 사그라들면서도 여전히 내 몸을 전부 태워버릴 듯 따가웠다.

벌이라고 생각했다. 내가 이렇게 되어버린 것은 누구의 탓도 아니었다. 부모의 무관심, 깡패와 건달들로 가득해진 시골 마을의 분위기, 학생들을 쥐 잡듯 패는 선생들과 지기 싫다는 오기로 아득바득 덤벼대는 학생들. 그 모든 것에 어떻게든 책임을 전가해보려 해도 해를 가릴 수 없는 것처럼 내 온몸은 내가 저지른 죄로 범벅이었다.

지긋지긋했다. 여기에 계속 있다간 그 모든 것들로부터 자유로울 수 없었다. 발이 너무 아파 나는 털썩 주저앉았다. 손을 내려보니 해는 어느새 사라져 있었다. 검게 변한 하늘과, 덩달아 검게 물든 바다는 두껍고 거대한 벽이 되어 있었다. 그 사이로 희미한 파도가 밀려오고 다시 사그라들었지만 똑같은 풍경이 되풀이되고 있는 것만 같았다.

내일은 다른 해를 보고 싶다. 여기가 아닌 어딘가. 내가 아닌 다른 누군가가 되어. 그러자 모든 것이 너무나 순식간에 확연해졌다. 힘없이 늘어져 있던 다리에 힘이 들어갔다. 나는 모래를 박차고 일어났다. 곧장 해변을 벗어나 최 형이 있는 곳으로 갔다.

해변 근처 자그마한 선착장 구석에 있는 컨테이너 박스였다. 건달들의 아지트이기도 했다. 빠른 걸음으로 그 앞까지 다가간 나는 녹슨 문고리를 돌리기 전 손을 멈췄다. 누군가 내 등 뒤에서 내 손을 붙잡는 것만 같았다. 하지만 나는 알고 있었다. 내 뒤에 있는 것은 어머니도 아버지도, 가은도 아니란 것을. 그건 나를 여태껏 붙잡아둔 이 지긋지긋한 마을이었다.

내가 벌컥 문을 열자 최 형과 건달 몇 명이 나를 반겼다. 담배 연기 자욱한 그곳에서 그들은 서울로 올라갈 채비를 하고 있었다. 최 형은 의아한 표정으로 내게 다가왔다. 천천히 가까워지며 내 표정을 살폈다. 처음에 그는 내 표정이 무엇이 담겨 있는지 알지 못해 혼란스러워 보였다. 하지만 누가 먼저 들어오라 하지 않았는데도 컨테이너 안으로 불쑥 발을 내딛는 나를 보고, 이내 내가 어떤 결정을 내렸는지 알아차렸다. 뜨거운 포옹으로 최 형은 나를 반겼다. 다른 건달들도 내 이름을 부르며 하나 둘 일어났다.

누군가 내 손에 종이컵을 쥐여 주었다. 투명한 소주가 담겨 있었다. 나는 그것을 벌컥벌컥 들이켰다. 곧 환호성이 튀어나왔다. 밤이 늦을 때까지 우리는 마셨다. 그리고 다음 날 아침, 술이 깨지도 않은 채 서울로 출발했다.

호기로운 새 출발이라고 믿었다. 나중에야 깨달았다. 그건 철없는 도망이었다.

*

서울의 시간은 빠르게 흘렀다. 처음에 나는 도시가 변화는 속도에 발맞추기 힘들어했다. 당장 어제와 오늘도 몇십 년이 흐른 것처럼 달랐다. 그 요지경 속에서 나는 오직 최 형만을 믿고 따랐다. 그 역시 본격적인 서울 생활에 부담을 느꼈지만, 자기를 믿고 따라온 나를 위해서 이를 악물었다.

가장 어려웠던 것은 살 곳을 구하는 것이었다. 이렇게 넓은 도시에 몸 누일 곳 하나 없다는 게 매 순간 나를 혼란스럽게 했다. 우리 예산으로는 넘볼 수 없는 곳이 대부분이었고, 그나마 찾은 곳은 닭장처럼 좁았다. 그 가격조차 하루가 다르게 치솟았기에 그야말로 헐떡이며 우리는 돈을 벌어야 했다. 하루를 살기 위해 온종일을 바치고 좁은 집으로 돌아오면 다시 내일을 살아낼 돈을 벌기 위해 죽은 듯 잠을 청할 수밖에 없었다.

안 해본 일이 없었다. 식당에서 접시를 닦거나, 건물을 청소하거나, 쓰레기를 나르거나. 함께 온 건달들에게 일을 받는 건 달에 한두 번 정도였기에 일정한 수입을 위해선 몸을 쉬게 해선 안됐다.

어느 순간 내가 일을 하러 서울에 온 것인지, 지긋지긋한 마을을 떠나기 위해 서울에 온 것인지 알 수 없어졌다. 이대로는 서울에서조차 지긋지긋함을 떨칠 수 없을 거라는 생각이 든 날은 서울에 온 지 막 1년이 된, 비가 엄청나게 쏟아지던 여름이었다.

집 근처 하수구에서 빗물이 역류했다. 비가 너무 많이 내린 탓이었다. 일대가 거의 비에 잠겼다. 나와 최 형이 생활하던 반지하 방은 그야말로 빗물에 점령당하고 말았다. 곤히 자고 있다 봉변을 당한 탓에 우리는 필요한 물건도 챙기지 못한 채 집 밖으로 나왔다.

어디로도 갈 수 없어 갈팡질팡하던 중, 최 형은 우리처럼 골목으로 나와 있던 사람들에게 동전을 빌려 겨우 공중전화 한 통을 쓸 수 있는 돈을 마련했다. 그 길로 공중전화로 간 최 형은 누군가에게 전화를 걸었다. 몸을 덜덜 떠는 최 형에게 괜찮냐고 물었다. 최 형은 물에 젖어 그런 거라며 웃어 보였다. 그건 거짓말이었다.

이윽고 누군가 전화를 받았다. 최 형은 기척을 느끼자마자 큰 소리로 안녕하십니까 회장님! 하고 소리쳤다. 주변 사람들이 모두 쳐다볼 정도로 기합이 잔뜩 들어간 목소리였다. 이후에도 최 형은 목소리를 낮추지 않고 자초지종을 설명했다. 몸은 더 크게 떨렸다. 나도 모르게 최 형의 손을 잡았다. 최 형은 수화기에 간절히 매달린 채 내 손이 하얗게 변할 때까지 힘을 주었다.

"정말이십니까? 감사합니다. 정말 감사합니다!"

최 형은 마치 앞에 누군가 있다는 듯 고개를 주억였다. 그 사이 저편에서 먼저 전화를 끊었다. 그제야 최 형의 떨림이 멈추었다. 그와 동시에 최 형은 기력을 다한 듯 주저앉았다.

누구와 통화를 했길래 이토록 긴장을 했는지 알고 싶었다. 함께 온 건달 무리가 있었지만, 최 형은 그들 모두와 가족처럼 맞먹고 지냈다. 그런 최 형이 두려워하는 인물이 있다니. 묻고 싶은 것은 많았지만 고개를 푸 숙인 채 담배만 피워대는 형을 보며 나는 비 내리는 골목

이곳저곳을 둘러볼 뿐이었다.

곧 골목 오른편에서 검은색 봉고차 하나가 다가왔다. 전화를 끊은 지 10분도 채 되지 않았을 때였다. 봉고차는 공중전화 부스 앞에 멈춰 섰고, 이윽고 문이 열렸다. 익숙한 얼굴들이 타고 있었다. 우리와 함께 서울로 올라와 달에 한두 번씩 일을 준 건달들이었다. 나는 그들에게 반갑게 인사를 했다. 하지만 돌아오는 대답이 없었다. 최 형도 별다른 아는 척 없이 곧장 봉고차에 올랐다.

가는 내내 봉고차 안의 분위기가 이상했다. 하지만 최 형의 통화에 담긴 내막을 몰랐던 나는 아주 오랜만에 반가운 얼굴들을 한 곳에서 보아 기분이 좋을 뿐이었다. 달리는 차 안에서 비가 쏟아지는 바깥 풍경을 바라보니 제법 낭만적인 것도 같았다. 빗물로 뿌옇게 변한 차창에 거리의 화려한 불빛이 아른아른 맺혀 있다가 또르르 굴러 떨어졌다.

도착한 곳은 강남이었다. 나는 그때 처음으로 강남땅을 밟아보았다. 첫인상은 시끄러운 음악 소리, 그것보다 더 시끄러운 사람들의 소리, 그리고 낮처럼 밝은 밤거리로 아직까지 선명하다. 얼이 빠져 그것들을 둘러보았다. 하지만 최 형은 그럴 시간 없다는 듯 내 손을 낚아채 어디론가 향했다.

함께 온 건달들이 앞장서 들어간 그곳은 어느 골목에 위치한 나이트였다. 입구를 지키고 있던 가드들이 어린 나를 보고 의아한 눈빛을 보냈지만, 붙잡지는 않았다.

우리는 계단을 내려갔다. 나이트 입구가 있는 지하 1층을 지나 지하 2층으로, 3층으로 계속 내려갔다. 마침내 지하 주차장을 지나 지하 5층에 다다랐다. 문 하나가 있었다. 나이트 입구처럼 건장한 남자 두 명이 그 입구를 지키고 있었다. 건달 중 한 명이 다가가 누군가의 이름을 대자 남자 둘은 입구를 열었다.

입구 안은 어두운 바깥과는 전혀 다른 세상 같았다. 높은 천장, 밝은 조명, 그 휘황찬란하고 넓은 공간 가운데 중년 남자 한 명이 앉아 있었지. 이 공간과 한 몸인 듯 중후한 멋을 가진 사내였다.

그가 고개를 들어 우리 쪽을 바라보자 건달들과 최 형이 일제히 고개를 숙였다. 나만 홀로 고개를 들고 있었다. 남자는 그런 나를 향해 눈을 돌렸다. 남자와 눈이 마주친 순간, 나도 모르게 고개가 숙여졌다. 그러지 않으면 안 될 것 같았다.

나는 아직도 그의 이름을 모른다.

사람들은 그를 회장이라고 불렀다. 그 공간은 전부 다 회장의 집무실이었다. 우리는 회장의 자리에서 바로 보이는 의자에 주르륵 앉았다. 가로로 긴 의자였다. 그는 오른쪽에서 왼쪽으로, 다시 왼쪽에서 오른쪽으로 우리를 훑어보았다. 분명 네다섯 발자국 정도 떨어져 있었는데, 회장이 내 바로 앞까지 다가와 눈을 들이밀고 있는 것 같은 위압감이 느껴졌다.

피곤한 듯 이마를 쓸어 넘긴 회장은 이윽고 최 형을 불렀다. 최 형은 용수철처럼 튀어올라 회장 앞으로 다가갔다. 최 형이 다가오자 회장은 거대한 가죽 의자에서 몸을 일으켰다. 덩치가 컸고 키는 최 형의 두 배 정도 더 되어 보였다.

회장은 할 말 있으면 해 보라는 듯 팔짱을 꼈다. 최 형은 허리를 구십 도로 숙인 채 간절하게 소리쳤다.

“무슨 일이든 시켜만 주십쇼! 죽을힘 다해 해내겠습니다. 어린 동생 놈이랑 같이 왔는데, 부족한 저 때문에 매일 굶습니다. 부탁드립니다, 형님!”

최 형의 외침이 거대한 집무실을 가득 울렸다. 그 순간 나는 내 옆에 앉은 건달들의 눈빛이 변한 것을 느꼈다. 그들은 최 형을 매섭게 쏘아보기 시작했다. 그 사이 회장은 최 형에겐 볼일 다 보았다는 듯 고개를 돌려 나와 건달들이 앉아 있는 곳을 바라보았다. 누가 먼저랄 것 없이 건달들이 일제히 일어났다. 이리로 가까워지는 회장이 신고 있는 구두가 번쩍였다.

짝. 회장은 가장 왼편에 서 있던 건달의 뺨을 갈겼다. 오른쪽으로 이동하면서 다른 건달들의 뺨도 똑같은 강도로 때렸다. 그리고 분이 안 풀리는지 한 명에게는 주먹을 날렸다. 순식간이었다. 명치로 날아든 주먹에 건달은 뒤로 나자빠지며 컥컥 소리를 냈다.

구타는 계속 이어졌다. 월포리에 있을 때만 해도 건달들은 절대적인 권력의 상징이었다. 그런 그들이 무력하게 나자빠지는 모습은 천지가 개벽하는 것과 맞먹는 충격이었다. 그들이 맞는 이유는 어렴풋이 짐작이 갔다. 부하라고 데려왔으면 적어도 굶지는 않게 해야 할 것 아니냐며, 회장이 내 옆에 서 있던 고참 건달에게 윽박질렀기 때문이다. 책임지지도 못할 일을 저질러 자기까지 귀찮게 하냐는 것이 회장이 분노한 원인이었다.

소리 지르는 회장의 침이 내 얼굴에까지 튀었다. 그렇게 고함을 치면서도 회장의 얼굴색은 하나도 변하지 않았다. 고참 건달만 새파랗게 질릴 뿐이었다. 곧 회장이 그의 얼굴에 주먹이 날렸다. 이윽고 정강이로 구둣발이 날아들었다.

하지만 회장의 분은 풀리지 않았다. 곧장 자리로 돌아간 회장은 서랍을 열어 칼 하나를 꺼냈다. 날이 매섭게

선 칼이었다. 아버지의 주방에서도 저 정도로 날카로운 칼은 본 적 없었다, 회장은 우악스러운 손에 칼을 쥔 채 다시 우리에게 다가왔다. 샹들리에 조명의 빛이 칼 위에서 번뜩였다. 건달은 눈을 질끈 감았다.

"정말 죄송합니다 회장님! 무슨 일이든 시켜만 주시면 죽는 한이 있어도 해내겠습니다!"

내가 그 앞을 막아섰다. 일순 집무실이 정적에 휩싸였다. 컥컥거리던 건달들도 흠칫 숨을 멈추고 나를 바라보았다.

회장의 눈이 천천히 나를 향했다. 이때까지 느껴본 위압감과는 비교도 안 될 만큼의 살기가 담겨 있었다. 하지만 나는 물러나지 않았다. 본능적으로 느꼈기 때문이다. 소동이 마무리될 때까지 죽은 듯 기다렸다가 일만 받아 사라진다면 다시는 이 사람과 만날 수 없다는 걸. 지금 이 사람의 눈에 어떻게든 띄어야 한다는 걸. 나도 이 남자가 신은 번쩍이는 구두를 신고 거리를 누비고 싶었다. 나도 내가 귀찮아졌다는 이유로 모두가 벌벌 떠는 삶을 살고 싶었다. 서울에 온 후 처음으로 무언가를 간절하게 원하게 된 순간이었다.

내 눈에 담긴 무언가를 읽었는지, 회장의 표정이 바뀌었다. 흥미로워하는 것 같았다. 그 사이 최 형이 부리나

케 달려와 바닥에 절하다시피 고개를 숙이며 죄송하다는 말을 연발했다. 회장은 그런 최 형을 성가시다는 듯 쳐냈다. 그리고 내 어깨를 움켜쥐었다.

금방이라도 눈물이 나올 것처럼 아팠지만 나는 이를 악물고 참았다. 점점 빨갛게 변하는 내 얼굴을, 그런데도 비명 하나 지르지 않는 나를 흥미롭게 바라보던 회장은 이내 피식 웃었다.

그리고 칼로 내 볼을 그었다. 길고 깊은 상처가 났다. 피가 주르륵 흘렀다.

"영등포에 막 시작한 업장 하나 있다. 거기 맡아서 해봐."

볼을 타고 바닥으로 피가 후드득 떨어졌다. 그런데 아프지가 않았다. 내가 느낀 것은 벌어진 상처 사이로 심장이 쿵쾅쿵쾅 뛰는 것뿐이었다. 회장은 최 형을 보고 말했지만, 나는 알 수 있었다. 그는 내게 그 말을 한 것이었다. 건달들이 우르르 일어나 피를 흘리는 나와 얼어붙은 최 형을 데리고 집무실을 나섰다. 집무실의 문이 닫히고 차가운 지하 계단 앞에 선 후에야 나는 정신을 잃었다.

나와 최 형, 그리고 건달들은 다음날 곧장 영등포로 향했다. 다 허물어져가는 오래된 상가 지하에 지어진 나이트클럽이 우리가 책임 질 장소였다. 대부분 낙담했다. 입지도 상권도 너무 안 좋았다. 하지만 나는 그런 것은 신경 쓰지 않았다.

상처가 다 아물지도 않아 볼에 거즈를 덕지덕지 붙인 채 매일 영등포역으로 나가 전단지를 돌렸다. 심지어는 근처 다른 나이트클럽에 몰래 들어가서도 홍보를 했다. 두들겨 맞고 쫓겨나기 일쑤였지만 포기하지 않았다. 그런 내 열정에 탄복했는지 건달들도 열정을 갖고 일하기 시작했다. 최 형도 나를 대견하게 여기며 그가 할 수 있는 최선을 다했다.

효과는 곧 나타났다. 손님들이 점점 모이기 시작하더니 1년이 지나자 업장은 그 전과는 비교도 할 수 없을 만큼 활기가 돌기 시작했다. 때마침 주변이 재개발되면서 상권도 활성화됐다. 매출이 증가하는 것을 보고 회장이 손을 쓴 것인지 알 수 없었지만 나와 최 형은 그 기회를 놓치지 않았다. 하루가 다르게 버는 돈이 늘어났다. 낯설기만 했던 서울의 속도가 점점 내 편이 되어주는 것 같았다.

회장에서 상납하는 것 외에 나와 최 형이 가져갈 수 있는 돈도 점점 많아졌다. 우리는 그 돈으로 각자 집을 샀다. 함께 부대껴 살던 때를 회상하며 성대한 집들이를 했다. 다음으로 나는 회장이 신고 있던 구두를 샀다. 주변에 형성된 먹자골목 가장 좋은 길목에 술집도 열었다. 나이트클럽에서 술집을 오가는 길을 번쩍이는 구두를 신고 걸으면 그렇게 기분이 좋을 수 없었다. 그거면 충분할 거라고 생각했다.

하지만 아니었다. 밤이 늦도록 일을 하고 돌아와 아침이 밝을 때에서야 잠을 청하는 생활 패턴. 건달들과 최 형, 나이트에서 일하는 자들이 아니면 인간관계를 쌓을 수 없는 고립된 상황. 일을 처리하며 누군가를 때리고 무언가를 부쉈던 기억이 불쑥불쑥 끼어드는 악몽까지. 나를 점점 피폐해졌다. 그 시기 거울을 들여다보면 얼굴에 남은 흉터가 너무 흉측하게 보였다.

속도에 눈을 뜬 건 순전히 최 형 때문이었다. 내가 지친 것을 눈치챈 그가 어느 날 새벽 못 보던 차 하나를 끌고 나타났다. 뚜껑이 열리는 컨버터블이었다. 최 형은 내게 그 차를 몰아보라고 권유했다. 처음에는 그다지 흥미를 느끼지 못했다. 그러나 끈질기게 이어지는 최 형의 권유를 물리기 위해 어쩔 수 없이 차에 올랐다.

그러나 예상과는 달리 뚜껑을 연 채 달리는 컨버터블은 내 마음을 순식간에 사로잡았다. 내 얼굴로 달려드는 바람과, 그 바람만큼이나 더욱 거세게 느껴지는 속도는 그야말로 매혹적이었다. 바람과 속도에 나를 온전히 맡긴 것 같은 그 기분이 좋았다.

다음 날 곧장 중고차 시장에 갔다. 뚜껑이 열리는 차를 오픈카라고 부른다는 걸 그날 처음 알았다. 오픈카 중 제일 비싼 포르쉐 911를 주저 없이 구매했다. 그날 이후로는 오로지 911만 탔다. 뚜껑은 언제나 연 채로, 차들을 추월하고 차선을 마구잡이로 넘나들었다. 역주행과 위험천만한 묘기를 부리기도 하며 스트레스를 잊었다.

나이트클럽으로 출근할 때도, 클럽에서 술집으로 갈 때도 포르쉐의 뚜껑을 열고 달렸다. 걷는 속도가 지겨워질 만큼 속도의 매력은 마력적이었다. 나와 나의 911를 향해 쏟아지는 사람들의 시선도 내 가슴을 뛰게 했다. 그 마력에 빠져 더더욱 비싼 외제차를 미친 듯 구입하기 시작했다. 그러자 놀랍게도 거울을 통해 보는 얼굴이, 그 안에 자리 잡은 흉터가 달리 보였다. 어쩌면 이건 가려야 할 단점이 아니라, 내가 가야 할 길이 어디인지 알려주는 이정표 같은 것이 아닐까. 거울 속 나에게 미소를 지어 보이며 생각했다.

나는 내가 가야 할 길을 알고 있다. 지금 그 길 위를 달리고 있다.

*

5년이 흘렀다. 나는 영등포 나이트클럽의 실질적인 사장이 되었고, 최 형은 회장을 보좌하는 중역에 올랐다. 내 아래로 많은 부하가 들어왔고, 몇 년 전까지만 해도 내가 주로 하전 운전을 이제는 그들이 대신해주기 시작했다. 나는 일과를 보는 시간 대부분 그들이 운전하는 차를 탔다. 집에 도착해 차를 주차장에 대놓고 엘리베이터로 걸어갈 때에서야 내게 걸을 수 있는 두 다리가 있다는 사실을 깨닫곤 했다.

덕분에 5년 사이 40kg 넘게 살이 찌고 말았다. 하지만 후회되지는 않았다. 서울에서 몇 년간 버티며 깨달은 것 하나는 걸음이라는 촌스러운 낭만을 떨쳐내야 생존할 수 있다는 것이었다. 오히려 이렇게 찐 살이 자랑스러울 때도 있었다.

나이트나 최 형이 관리하는 업소에 갈 때면 마주치는 부하마다 내게 깍듯하게 인사를 건네 왔다. 그들이 내게 보이는 존경은 어쩌면 허울뿐일지 몰라도, 그 존경 위에 내가 서 있고 그것을 계속해서 받아내기 위해 나는 여러 골치 아픈 일과 묵직한 책임감을 감내하고 있었다. 그런 분명한 사실 속에서 내게 살은 훈장과도 같은 것이 되었다. 누구도 내게 살을 빼라 하지 못했고, 나도 빼고 싶은 마음이 없었다.

그렇게 차를 타고 다니는 삶 속에서 느끼게 된 속도는 내게서 걸음에 대한 흥미와 관심을 빼앗아 갔다. 그도 그럴 것이 모든 게 빨라야 했다. 일처리도, 수금도, 명령에 따른 행동도. 처음에 나는 회장이나 그의 수하들이 내리는 명령을 처리하기 위해 애썼지만 그들을 만족시키기엔 어려웠다. 원인이 무엇일지 고민하고 또 고민하다 마침내 발견했다. 바로 속도였다.

그래서 그들이 내게 시키는 일은 무슨 일이 있어도 빠른 시간 안에 해결하기 위해 발버둥 치기 시작했다. 운전도, 몸짓도, 생각도 모든 것을 그들이 원하는 속도에 맞췄다. 그러다 보니 어느 순간부터는 일부러 신경 쓰지 않아도 몸이 먼저 움직였다.

너무 빨라져 버린 내 삶의 속도에 의한 관성이었다. 처음에는 얼떨떨했다. 하지만 회장과 그의 수하들에게 인정을 받으면 받을수록 나는 그 속도를 맹신하기 시작했다. 서서히 밑에서 일하는 부하들의 속도가 느리게 느껴지기 시작했다. 마침내는 부하들이 내 속도에 맞추기 위해 쩔쩔매는 상황까지 벌어지고 말았다.

그건 즐거우면서도 곤란한 일이었다. 내가 마침내 서

울이라는 도시의 속도를 제압했다는 생각과 동시에, 이런 내 속도를 따라오지 못하는 일처리 앞에서는 답답함을 감추지 못했다. 특히 부하들이 운전하는 차의 속도는 영 마음에 들지 않았다. 내 차는 꼭 내가 운전했다. 내가 운전을 하면 조수석과 뒷좌석에 무언가를 싣고 달릴 수 있었기 때문에 좋았다. 그게 물건이 됐던 사람이 됐던 나는 내가 만족할 수 있는 속도로 무언가를 어딘가로 옮기고 일을 처리했을 때 비로소 살아있는 것을 느꼈다.

나희는 내가 뒷좌석에 싣고 옮긴 것 중 가장 아름다운 것이었다. 그녀는 최 형이 회장에게 투자받은 돈으로 새로 연 룸술집에서 근무하는 여자였다. 나희 말고도 다른 많은 여자가 그곳에서 일했다. 근무지만 룸술집으로 되어 있을 뿐 고객이 부르면 그게 어디든 가는 여자들이었다. 그래서 늘 차가 부족했다. 중요한 VIP의 요청에 의해 나희를 호텔로 옮겨야 하는데 차가 부족했던 어느 날, 최 형은 내게 도움을 요청했다.

나희는 처음에 조수석에 타려 했다. 동생들이 아가씨들을 옮길 때마다 보았던 것과는 다른 태도였다. 그녀들은 늘 당연하다는 듯 뒷좌석으로 가서 담배를 피워 물었다. 가는 내내 거의 눕다시피 앉았다. 운전하는 사람에 대한 존중은 안중에도 없는 태도였다. 그렇다고 내가 그런 존중을 나희에게 바란 것은 아니었다. 내가 운전을 하는 이유는 오로지 속도를 즐기기 위해서였으니까.

나는 안전벨트를 매려는 나희에게 나지막한 목소리로 뒷좌석으로 가 앉으라고 말했다. 그 말을 하는 내 눈을 빤히 쳐다보던 나희는 알겠다며 뒷좌석으로 가 앉았다. 그녀가 떠난 조수석에 옅은 향수 냄새가 남아있었다. 어딘가 익숙한 향이었다.

내가 아는 가장 빠른 길을 따라 내가 낼 수 있는 가장 빠른 속도를 내며 달렸다. 내 차를 처음 타는 사람들은 겁을 먹고는 했는데, 나희는 전혀 그런 기색 없었다. 마치 정지된 그림을 바라보듯 차창 너머를 고요한 눈으로 내다볼 뿐이었다. 담배도 피워 물지 않았다. 내가 안주머니에서 담배를 꺼내 건넸을 때도 거절했다. 이유는 묻지 않았다. 궁금하지 않아서였다. 내 관심사는 곧 나타날 복잡한 강남 도로에만 있었다.

거대한 사거리를 중심으로 격자 모양으로 쭉 펼쳐진 강남 도로는 속도를 낼 때 가장 짜릿함을 느낄 수 있는 곳이었다. 언제 어디서 차가 튀어나올지 모르는 상황을 속도를 줄이지 않고 모두 지나왔을 때 머리끝부터 발끝까지 전기가 찌르르 오르는 듯한 희열을 느꼈다.

동시에 삶과 죽음 사이에서 발버둥 치는 나 자신을 돌

아보게 하는 곳이기도 했다. 바쁘게 움직이는 차와 사람들을 물끄러미 지켜보고 있노라면 내가 그들과 섞여 삶을 살아가고 있다는 분명한 실감을 할 수 있었다. 미친 듯이 강남 사거리를 질주하다가도, 문득 차를 세워 그 거리를 지켜보곤 했다. 누가 뒤에서 클락션을 울리면 그제야 정신을 차렸다. 싸움까지 번지지는 않았다. 화가 머리끝까지 나 차를 박차고 나온 운전자들은 대부분 내 얼굴에 난 상처를 보고 겁을 먹고는 다시 자기 차로 돌아갔다.

강남 사거리를 지나자마자 나는 좌우로 급격한 핸들링을 시작했다. 나의 몸은 물론 뒤에 앉은 나희의 몸까지 좌우로 흔들렸다. 그 정도 되면 누구라도 싫을 소리를 하거나 불쾌한 표정을 짓곤 했는데, 나희는 몸이 흔들리는 것과는 전혀 무관해 보이는 표정으로 일관했다. 처음 보는 태도 때문이었을까. 나희가 궁금해진 나는 자꾸만 백미러로 그녀의 동태를 살폈다. 그러다 오른편에서 휘청이며 다가오던 취객을 뒤늦게 발견하고 황급히 차를 멈추었다. 나와 나희의 몸이 앞으로 쏠렸다.

다행히 충돌은 없었다. 취객은 잠시 상황을 파악하느라 주변을 살피더니 이내 다시 갈 길을 갔다. 고요가 차 안에 감돌았다. 차라리 나희가 욕이라도 뱉었다면. 이런

차는 못 타겠으니 어서 내려달라고 했다면 오히려 덜 어색했을 정적이었다. 나희는 자세를 고쳐 다시 뒷좌석 시트에 몸을 기대고 있었다. 나는 백미러로 그녀와 눈을 맞추며 미안하다는 말을 건넸다. 그녀는 백미러가 아니라 내 뒤통수를 빤히 바라보기 시작했다. 대답은 없었다. 참다못한 내가 다시 차를 움직이려 했을 때 그녀가 말을 내뱉었다.

"뭐에 쫓기길래 이렇게 달려요?"

혼잣말처럼 작고 나지막했다. 하지만 그 말은 내 가슴에 정확히 날아와 꽂혔다. 이유는 알 수 없었다. 나는 이렇게 답했다.

"시간이죠. 서울에서 그거에 안 쫓기는 사람 없잖아요."

그녀가 피식 웃었다. 그리고 다시 한번 나를 바라보았다. 나는 백미러로, 그녀는 그녀의 두 눈으로 서로를 응시했다. 그사이 우리는 목적지에 도착했다. 차에서 내린 그녀가 호텔 안으로 사라진 후에도 한참 그 자리에 서 있었다. 내가 느낀 감정의 이유를 찾으려 애썼다. 끝내 발견하진 못했다.

다시 차를 움직이려 할 때, 누군가 운전석 창문을 두드렸다. 나희였다. 언제 돌아 나왔는지도 모를 만큼 거짓말처럼 나타난 나희는 곧 올 테니 기다려달라고 했다. 그 말은 난생처음 들어보는 주술 같았다. 나는 호텔 앞 동그란 로타리를 일곱 바퀴쯤 돌았다. 여덟 바퀴째 돌 무렵 그녀가 다시 호텔 입구로 나왔다. 안에서 아무 일도 없었다는 듯 변함없는 모습으로.

우리는 한강으로 갔다. 한적한 새벽, 한강을 마주한 고수부지에는 누구도 없었다. 다만 강을 마주 본 채 주차된 차들 몇 대가 아래 위로 들썩이고 있을 뿐이었다. 내가 주차를 마치자 나희는 뒷좌석에서 조수석으로 자리를 옮겼다. 그리곤 곧장 내게 다가오려 했다.

하지만 나는 나희를 밀쳐냈다. 내가 그녀에게 원하는 것은 그런 게 아니었다. 내가 도대체 왜 나희의 질문에 그토록 저릿한 마음을 느꼈는지 알고 싶을 뿐이었다. 해야 할 일도 내팽개친 채, 동생들에게 오는 전화도 연신 무시한 채 나희를 기다린 건 그 질문에 해답을 줄 수 있는 사람이 그녀뿐이었기 때문이다.

나희를 응시하는 내 눈에 담긴 감정은 그녀를 탐하고 싶다는 욕망이 아니었다. 그것을 읽은 나희는 알겠다는 듯 뒤로 물러서며 차 앞에 펼쳐진 한강을 응시했다.

“나는 당신이 무어라도 붙잡고 싶던 사람이란 걸 알아.”

그녀가 말했다.

"내가 누군지도 모르잖아."

내가 답했다.

"맞아, 나는 지금 당신을 몰라. 내가 아는 건 복도에 나자빠져서 간절하게 손을 내밀던 남자애야."

나는 놀라 나희를 돌아보았다. 그때가 돼서야 그녀의 얼굴을 제대로 살펴보았다. 어둠 속에 가려져 있던 얼굴 위로 점점 낯익은 얼굴 하나가 덧씌워졌다. 그녀는 나와 가은이 책을 빌리러 갈 때마다 사서 선생과 함께 도서관을 지키고 있던 여학생이었다. 그 아이의 교복 가슴팍에 달려 있던 이름표도 기억 속에서 점점 또렷해졌다. 최나희.

우리는 많은 이야기를 나누었다. 서울에 오기 전까지의 삶에 대해, 서울로 오게 된 이유와 그 이후 삶에 대해. 나희도 나와 별반 다르지 않은 길을 밟아온 모양이었다. 반가움에 몸서리쳐졌지만, 나는 계속해서 나희가 가은의 이름을 입 밖으로 꺼내길 바랐다. 하지만 그녀는 끝내 가은의 이야기를 하지 않았다. 결국 내가 먼저 가은에 대해 물었다.

"결혼했어. 거기 남자랑."

나희의 머뭇거리는 말투에 가은의 이야기를 꺼내지

않은 이유가 담겨 있었다. 나는 잠시 허망한 표정을 지어 보였다. 하지만 이내 마음을 바꾸었다. 오히려 홀가분했다. 이제 내가 알던 가은은 없는 것이었다. 나는 곧장 자동차에 시동을 걸고 도로로 나섰다. 속도를 있는 힘껏 냈다.

가은의 이야기 이후로 나희는 조용해졌다. 그저 차 앞으로 펼쳐지는 속도를 바라볼 뿐이었다. 그러다 불쑥 이렇게 말했다.

"그만 도망쳐. 너는 살아있으려고 달리는 게 아니야. 잊으려고, 도망치려고 안간힘 쓰고 있는 거야."

대답 대신 나는 차를 급하게 멈춰 세웠다. 안전벨트를 하고 있었지만 나희는 대시보드에 머리를 찧었다. 숨을 헉헉 내쉬는 그녀를 바라보던 나는 그만 내려달라고 말했다. 서운함이 가득해진 표정으로 그녀는 가방을 챙겼다. 차 문을 신경질적으로 열고 도로로 나섰다. 그러다 문득, 뒤를 돌아 나를 빤히 바라보았다. 그리곤 자기 가방에서 무언가를 꺼내 조수석으로 던졌다. 책 두 권이었다. 그녀는 나를 빤히 바라보다 문을 닫았다. 책을 읽던 때를 기억하라는 것 같았다.

나희를 뒤로 한 채 달렸다. 그 사이 책이 좌석에서 차 바닥으로 떨어졌다. 줍지 않았다. 대신 어마어마하게 쌓인 부재중 전화를 확인했다. 최 형에 온 부재중 전화가 50통이 넘어가고 있었다. 나는 불길한 마음으로 그 전화를 받았다. 전화를 받자마자 최 형은 내게 고함을 쳤다. 무엇하다 이제야 전화를 받느냐는 것이었다. 최 형이 내게 그토록 쏘아붙이는 것은 처음이어서 얼떨떨했다. 최 형은 대답도 듣지 않은 채 전화를 건 이유를 설명했다.

아버지가 돌아가셨다. 오늘, 아니 어쩌면 어제. 뜻밖의 소식이긴 했다. 내가 마지막으로 기억하는 그는 무거운 식기를 던지며 정정함을 과시했으니까. 내 반항은 힘으로 묵살시킬 수 있다는 걸 강조하고 싶어 헐떡이던 아버지가 이제 없다니.

그런데 왜일까. 아무렇지도 않았다. 알겠다는 말로 전화를 마무리한 나는 두 가지 생각에 사로잡혔다. 서울로 올라온 후 5년간 소식도 모른 채 지낸 아버지 소식을 부고로 알게 되었다는 생경함. 그리고 부모의 죽음에도 아무렇지 않은 내 내면에 분명 문제가 생겼다는 두려움.

나는 곧장 집으로 돌아왔다. 이불을 머리끝까지 뒤집어썼다. 그러나 두려움은 사라지지 않았다. 숨을 헐떡이며 물을 들이켜던 나는 우연히 식탁에 올려진 것을 보았다. 나희가 준 책이었다. 자세히 보니 시집 한 권과 소설

책 한 권이었다. 차에서 내리며 그것을 챙긴 기억도 없는데, 집까지 들고 온 것을 보면 그건 본능이 시킨 일이 분명했다.

그래서 나는 책을 펼쳤다. 두려움을 이기기 위해선 본능을 따라야 했다.

한 장 한 장 넘기는 사이, 야트막한 조명만 켜 둔 채 조그만 글씨를 따라 읽는 동안 두려움은 뒷전으로 사라졌다. 신기한 경험이기도 했고 익숙하기도 했다. 어느 순간부터는 도서관을 가기 위해 일주일을 기다리던 소년이 옆에서 함께 책을 보고 있는 것 같았다.

그게 왜 그리도 안심이 되었을까. 내가 아직 나라는 사실이 말이다. 내가 책을 읽었고, 눈물을 흘렸고, 누군가에게 간절히 손을 뻗던 사람이라는 사실을 되새겨서였을까. 한참을 책만 읽다 새벽을 맞이했을 때 붉게 충혈된 두 눈에서는 눈물이 흐르고 있었다. 창밖으로 보이는 서울의 풍경이 흐릿해지며 기억 속의 풍경들과 겹쳐졌다. 바다, 복도, 비 오던 거리.

그러나 거기까지였다. 고향을 떠나온 시점부터 내게 아버지는 죽은 사람과 마찬가지였다. 그들도 내 인생에 대한 책임을 그 시점에서 마쳤기에. 번 돈의 일부를 최 형에게 부탁해 집으로 보내온 것으로 자식 된 도리를 다한 거였다. 그래, 그 정도면 된 거였다.

하지만 나희의 생각은 달랐다. 어떻게 소식을 들었는지, 그녀는 그날 이후로 내 업장으로 매일 찾아왔다. 아버지 소식을 들은 거냐고, 듣고도 어떻게 그렇게 있을 수 있냐고 꼬치꼬치 캐묻던 그녀는 내가 아무런 대답 없이 술만 마시자 이내 질문을 바꿨다. 내가 준 책은 모두 읽었냐고. 내가 그렇다고 대답하자 다음날부터 그녀는 새로운 책을 가져왔다.

나는 나희 앞에서는 어쩔 수 없이 책을 받아 들었지만, 집에 가서는 꼭 그 책을 펼쳐보았다. 안 그러면 잠이 안 왔다. 자도 자는 것 같지 않았다. 까만 꿈을 꿨다. 흑색 풍경만 하염없이 펼쳐지는 기이한 꿈. 집을 떠나오던 날 봤던 저녁 바다와 정확히 같은 풍경이었다. 무엇이든 먹어 치우고 다시는 돌려주지 않을 것 같은 무시무시한 풍경. 나희의 책은 숨 막히는 풍경 사이로 야트막한 파도를 일으켜주는 만유인력이었다.

나희에게 아버지에게 돈을 부쳐왔다는 사실을 말한 건 검은 꿈을 없애준 것에 대한 고마움이었다. 그런데 나희는 그걸 최 형에게 부탁한 것이 맞냐고 몇 번이고 되물었다. 이상한 낌새를 느낀 내가 왜 그러냐고 묻자 나희는 어렵사리 말을 꺼냈다. 최 형이 그 돈을 개인적인 목적으로 써왔다는 것이었다.

곧장 최 형의 사업장으로 쳐들어갔다. 동생들은 내가 최 형의 집무실을 터는 것을 바라보기만 할 뿐 막진 못했다. 한참을 뒤진 끝에 나는 최 형의 비밀 금고를 발견했다. 망치로 그것을 뜯어내자 안에는 내가 그동안 집으로 보냈다고 생각한 돈이 쌓여 있었다.

뒤늦게 업장에 도착한 최 형은 분노로 가득한 내 얼굴을 보고 이런저런 변명을 늘어놓기 시작했다. 업장 인테리어와 업무에 활용할 차 몇 대를 샀다는 궤변이었다. 나는 그런 것에는 관심 없었다. 망치로 최 형의 집무실은 물론 업장, 밖에 주차된 차들을 박살내기 시작했다. 최 형이 고래고래 소리를 지르고 내게 들러붙었다. 그의 오른손을 망치로 내리찍었을 때에서야 비명을 지르며 물러났다.

소동은 회장이 나타난 후에야 정리되었다. 최 형은 자기에게 유리한 쪽으로 상황을 설명했다. 나는 망치를 내려놓은 채 회장의 결정을 기다렸다. 만신창이가 된 최 형의 집무실에서 회장은 내 의사를 물었다.

나는 돌아가고 싶다고 했다. 회장은 잠시 생각에 잠기더니 알겠다고 말했다. 나는 회장에게 인사를 하고는 집무실을 나왔다. 그 사이 최 형은 길길이 날뛰었다. 회장은 그런 최 형을 물끄러미 바라보았다. 내가 업장을 나올 즈음, 무언가 깨지고 부러지는 소리와 비명이 들려왔는데. 그게 누구의 것인지는 아직도 모른다. 알고 싶지도 않다.

*

터미널로 향했다. 도착했을 땐 늦은 밤이었다. 고향으로 가는 차는 한 시간 뒤 출발하는 막차가 전부였다. 매표소 앞에 다다르자 졸린 눈을 한 직원이 나를 맞이했다. 막차 말고는 선택권이 없었기에 직원도 내게 말없이 표를 내밀었다.

그런데 나는 도저히 그 표를 받을 수 없었다. 돈을 내고 손을 뻗어 그 표를 주머니에 넣기만 하면 되는 일이었다. 내가 멀뚱히 서 있자 직원은 30분 후면 매표소도 마감한다고 신경질적으로 말했다. 나는 얼떨떨한 표정으로 고개만 몇 번 끄덕인 채 뒷걸음질 쳤다.

매표소 앞, 오래된 시계를 마주 본 의자에 앉았다. 철제 의자는 엉덩이와 등이 닿는 부분의 쿠션이 너무 낡아 바닥에 앉아 있는 듯했다. 몸이 찌뿌둥했지만, 나는 좀처럼 그 의자를 벗어날 수 없었다.

처음 서울에 왔을 때도 이 의자에 앉은 적 있었다. 그때 이 의자는 다른 어떤 의자보다 푹신하고 편안했다. 살이 찐 탓일까. 아니면 다른 이유가 있을까. 하나 확실한 건 의자에는 변함이 없다는 것이었다. 원인은 내게 있었다.

이제 와 돌아간다고 무얼 할 수 있을까. 이곳에 오기 전으로 돌아갈 수 있는 걸까? 애초에 돌아가고 싶은 건 맞는 걸까. 또 한 번 도망치는 게 아닐까.

의문에 의문이 거듭되는 사이 내 앞에 놓인 낡은 시계는 시간이 멈추지 않고 흐르고 있다는 사실을 계속해서 내게 상기시켰다.

마침내 시계의 분침이 30분에 가닿았다. 직원이 벌떡 일어서더니 천천히 매표소를 정리하기 시작했다. 가장 왼쪽에 있던 곳부터 그가 앉아 있던 가장 오른편 자리까지. 매표소의 불이 하나 둘 꺼졌다.

숨이 막혔다. 숨을 쉬고 싶었다. 어딘가 아무도 나를 재촉하지 않는 곳에서. 깊게 숨을 들이쉬고 내쉬면서 천천히 걷고 싶었다. 속도가 지긋지긋했다. 나는 자리에서 벌떡 일어났다.

직원은 이상한 사람을 다 보겠다는 눈으로 내게 표를 건넸다. 나는 그 표를 소중히 받아 들고는 버스가 출발하는 곳으로 향했다. 터미널 바깥, 어두운 공터에 낡은 고속버스 하나가 나를 기다리고 있었다. 기사에게 표를 보여주며, 표에 표시된 자리에 앉으며, 차창 밖을 내다보며 나는 눈을 감았다. 그리고 비로소 깨달았다.

나는 속도를 즐기며 살고 있지 않았다. 나를 쫓아오는 것들로부터 도망치기 위해, 그것들을 외면하기 위해 속도를 내왔다는 것을. 내가 속도를 내며 느꼈던 희열은 희열이 아니었다. 살과 뼈가 깎이는 고통이었다.

곧 버스가 출발했다. 승객은 나 혼자였다.

얼마나 시간이 흘렀을까. 혼몽한 정신을 차렸을 땐 기사가 나를 흔들어 깨우고 있었다. 열린 버스 문 너머에서 익숙한 냄새가 흘러들어오는 중이었다. 비릿한 바닷물 냄새였다. 비틀거리며 일어난 나는 천천히 버스 밖으로 나갔다. 불이 다 꺼진 자그마한 버스 터미널이 있었고, 벽돌로 지어진 터미널 건물 뒤에서 파도 소리가 들려오는 중이었다.

뒤따라온 기사가 출구를 알려주려 했다. 필요 없었다. 나는 익숙한 발걸음으로 터미널을 나왔다. 굽이진 길을 따라 걸었다. 마침내 바다에 도착했다.

검은 밤바다. 내가 떠나던 날 보았던 모습과 똑같았다. 그 시간에 멈춘 채 나를 기다리고 있었던 것처럼. 고운 모래가 깔린 해변을 천천히 가로지르며 눈앞에 펼쳐진 풍경이 현실이 맞는지 가늠하려 애썼다. 차가운 파도가 발에 닿았을 때에서야 정신이 번쩍 들며 현실임을 자각할 수 있었다.

나는 허리를 굽혔다. 살 때문에 숨이 할딱였다. 나는 곧장 집으로 가는 길을 알고 있었다. 그러나 선뜻 발이 떨어지지 않았다. 대신 나는 내 발아래를 넘나드는 파도를 바라보았다. 매일 밤 악몽 속에서 나를 목 졸라 죽일 듯 닥쳐오던 검은 바다를 응시했다. 그리고 손을 뻗어 모래를 만져보았다.

그러자 놀라운 일이 벌어졌다. 내 손 위에 모인 고운 모래 한 알 한 알이 거대해지는 것이었다. 방금 하늘에서 떨어진 별똥별처럼 거대한 모습으로 내게 다가오는 모래 하나하나마다 시와 글이 적혀 있었다. 가은과 함께 읽었던 책의 글귀, 나희가 내게 주었던 시집 속 문장들이 가득 적혀 있었다. 나는 정신없이 그것을 읽어 내려갔다.

이윽고 글귀들의 모습이 변하기 시작했다. 누군가 그 위에 빼곡하게 시를 채워 넣기 시작했다. 나는 모래 위에 글자를 새겨 넣는 이를 불렀다. 익숙한 뒷모습이 나를 돌아보았다. 나 자신이었다.

# 2장

—

# 리듬

## 걸음과 리듬

리듬은 그리스어로 βρέχω.
흐르다는 뜻을 가진 단어다.

흐르는 것은 시간과 연관되어 있고
시간은 예술과 연결되어 있다.
우리는 의식하든 의식하지 않든
시간에 휩쓸리며 그 위에 의미를 부여한다.

존재론적 리듬은 생명이 시작되었을 때
사회적 리듬은 걸음이 시작되었을 때 나타난다.

걸음에는 리듬이 있고
심장 박동과 피의 흐름에도 리듬이 있다.

지나쳐온 거리와 모든 풍경에
빠르게 사라지는 차와 타자의 모든 것에도 리듬이 있다.

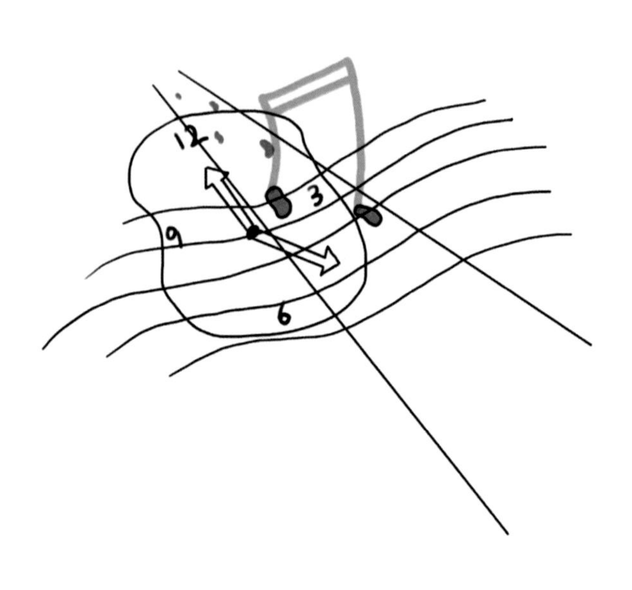
12
3
9
6

거리를 걷다가,

길을 잃거나 방향을 잃을 때

존재에 대해 생각하다,

거리에서 걸음을 멈춘다.

자연의 리듬과 거리의 리듬 사이를

에포케(epoche 판단 중지) 하다 보면

선물 같은 사유가 쏟아진다.

거리에서 시작된 리듬을 소거하고

거리에서 소거된 리듬을

내면으로 침잠하며 느낀 사유들이

리듬으로

# 초

초는 타오르고
빛은 춤을 춘다.

빛은 정확하지만
확실히 비추진 않고

초는 정확히 타오르고
나는 타들어감을 모른다.

초 위에 춤을 추고
빛 위에 방향 타고

노래가 흐를 땐 가능태
노래가 끝날 땐 죽은 현실태

# 바람

바람이 부는 게 아니라

부는 게 바람이고
사랑한다는 말이 사랑이 아니라

사람이 사랑이었고
바람은 어떤 곳에서 오는 게 아니라
사람이 달려와 바람 불고

바람 따라 사랑 날아온다.

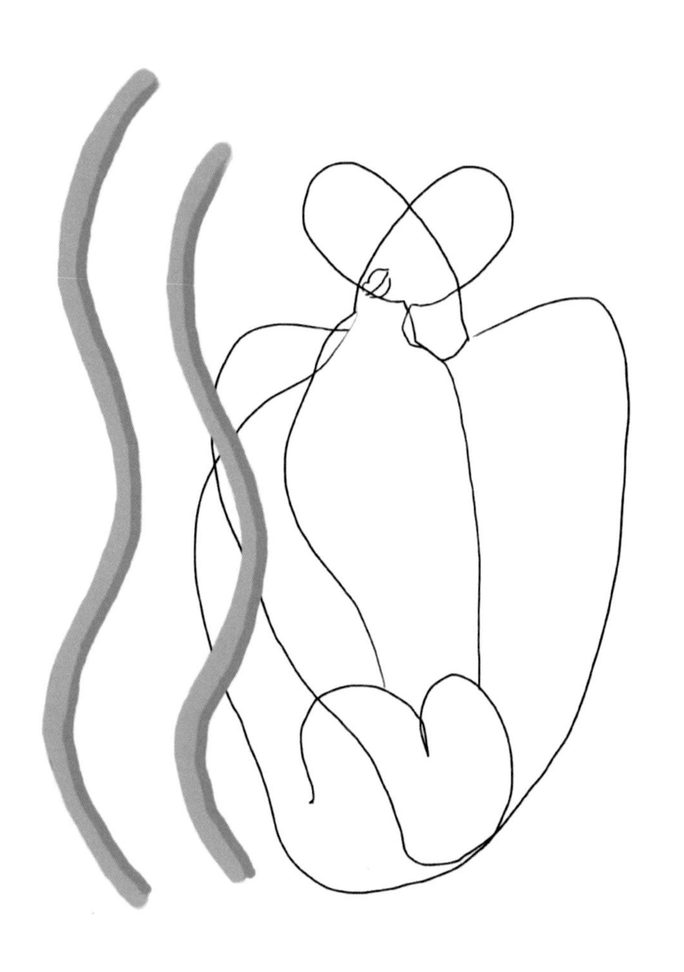

# 동물

동물과 사람의 다른 점은
언어와 이성이다.
사람은 동물에게서
언어와 이성의 망각을 얻는다.

망각 안의 이성은 중화되고
언어의 구속은 없어지며
의식을 잃으니
이전엔 연결되지 않던 것들이 이어진다.

관계는 접속되기도 절단되기도
절단된 동물의 세계가 가난한 걸까
이어진 인간의 세계가 가난한 걸까
단절되고 가난한 동물의 선 경험은
죽음의 선 경험이 아닐까
의미의 사슬을 끊고 사유할 수는 없지만
가난해 본 자 사랑하는 자 되는 건 아닐까
사랑만큼 살아있음을 느끼게 해주는 건 없다.

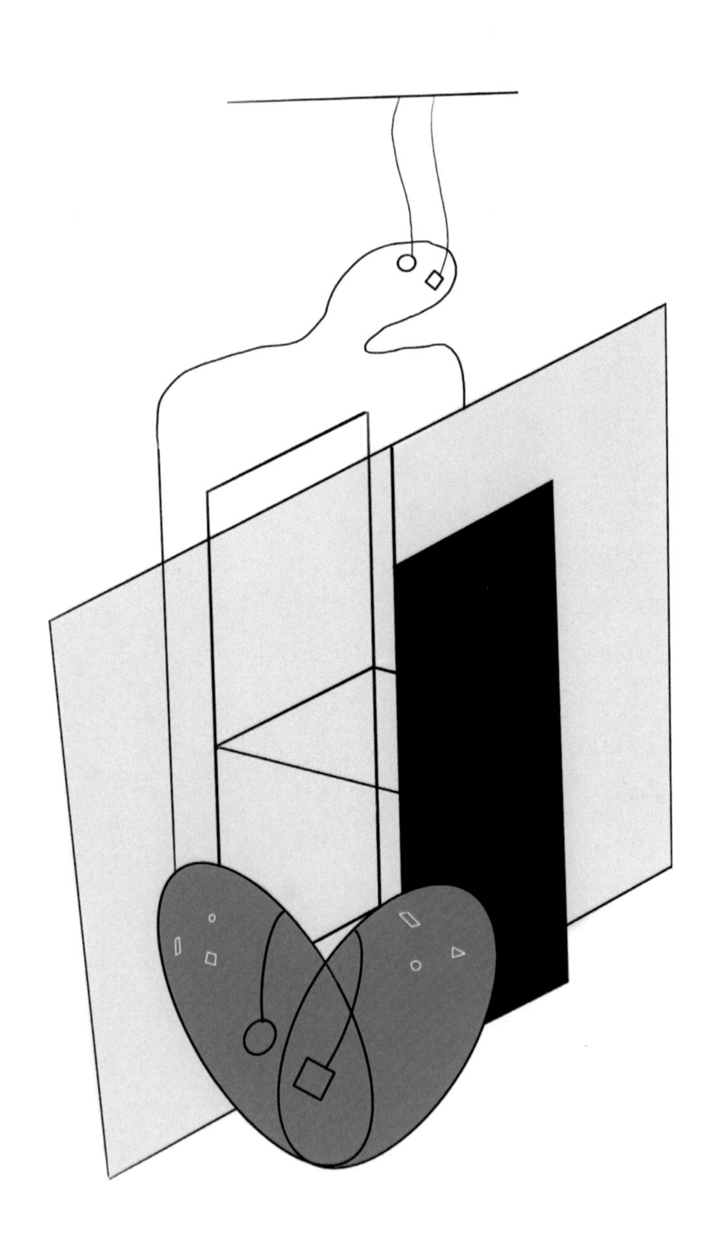

성스러움과 다른 감정
숨 쉬는 것과 다른 감정
내가 살아있다는 감정

단절된 세상이었던 폭풍우가 아니라
단순한 존재론적 의미가 아니라
모든 게 연결된 듯한 감정

때론 불안으로 다가오지만,
불안은 기대로 가까워지지만,
가까운 건 대지의 내린 비의 순환

나는 아직도 쨍쨍한 빛과
축 처진 비의 순환 속에
새파랗게 영근 초록 새싹을 기다린다.

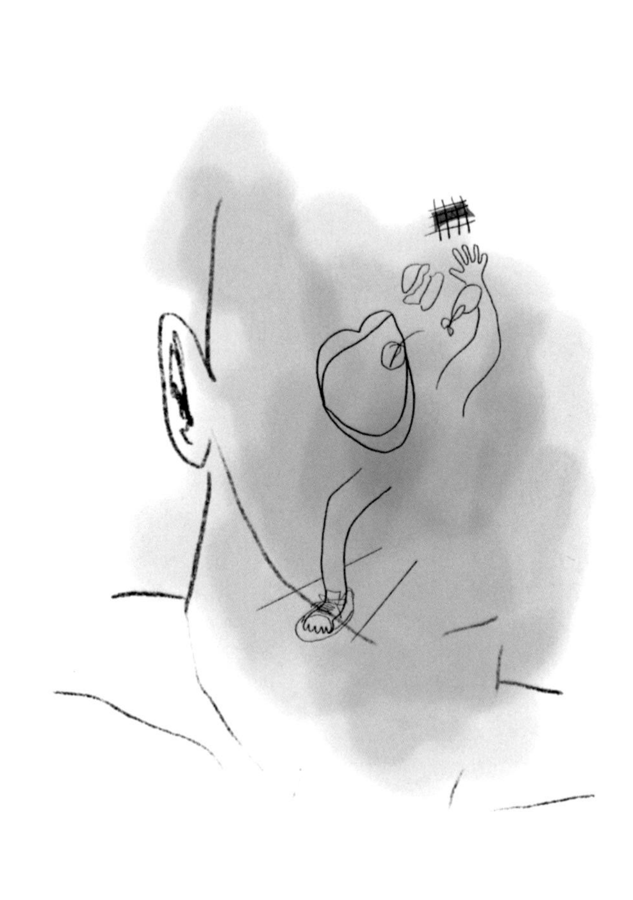

## 욕망

먹고 싶은 욕망이 입을 만들고
잡고 싶은 욕망이 손을 만들고
걷고 싶은 욕망이 발을 만들고
자고 싶은 욕망이 밤을 만들고
깨고 싶은 욕망이 꿈을 만드네
욕망이 모여 의지를 만들고
의지가 모여 욕망을 만드네

# 행간

시인의 빈 공간
때론 해석의 공간
행간의 문자 안에서는
시인도 해부된다.

해체 중 관람은 존재론적 사건이
사건 중 시비는 의무론적 사고가
되어 간다.

창조적인 행간에 있는 자들은
개인의 파토스만 매만지는 것을 초월해
국가와 사회에 위험한 존재로 남아야 한다.

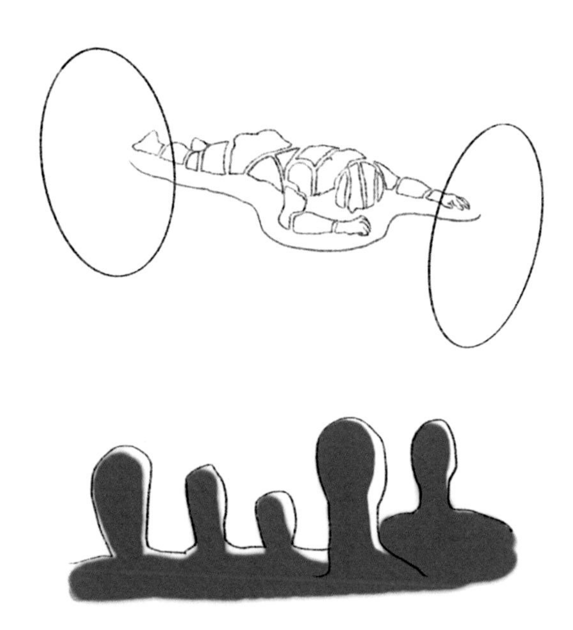

## 고통의 의미

당신과 나는 오늘 어떤 의미를 만들며 살고 있나요?
견디기 힘든 한계에 다다르는 것은
견뎌야 할 이유를 찾지 못했기 때문
그것이 고통일지라도 의미를 찾아야 합니다.

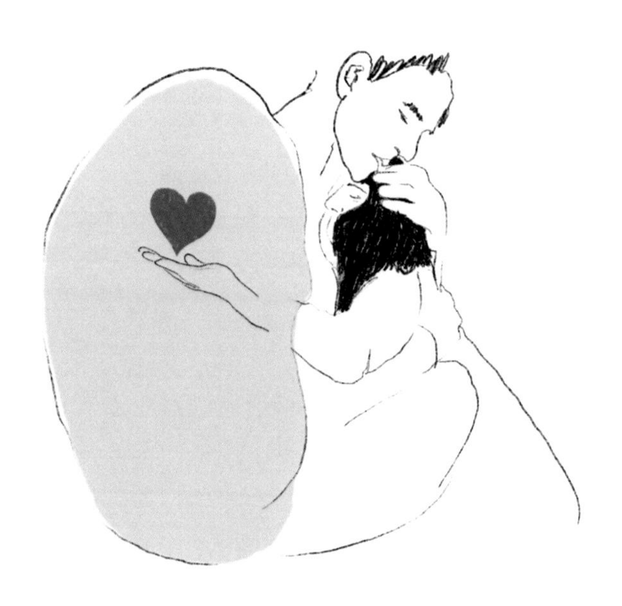

## 착상

사물들이 말을 걸어와 묻는다
사람들이 말을 걸어와 묻는다

걷는 걸음에는 물음에 대한 대답들이 쏟아지고
멈춘 걸음으로 또 다른 질문이 흩어진다.

밖에서 안으로 떨어지는 착상
안에서 밖으로 들어가는 착상
우리는 안과 밖에서 탈출한 존재

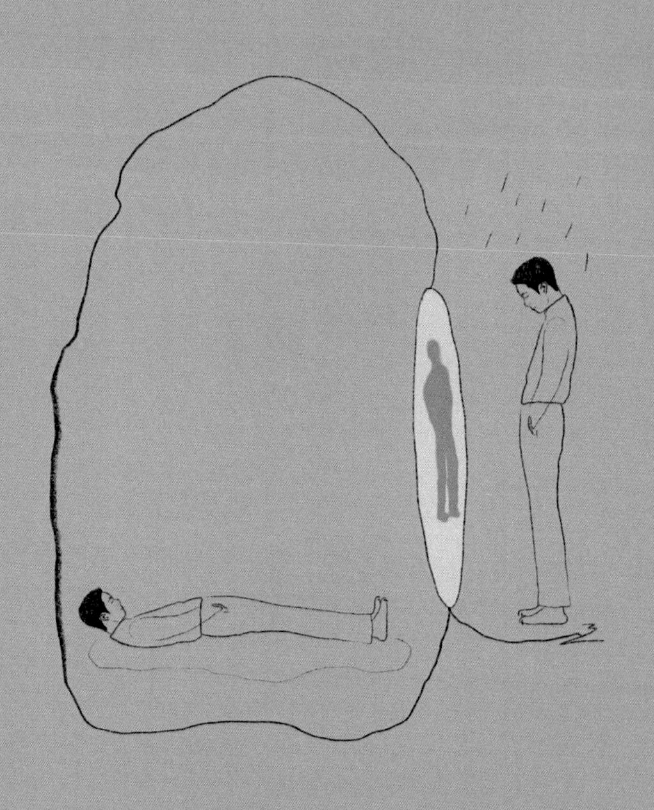

# 시간

누군가 묻기 전에는 말할 수 있는 것
누군가 물어본다면 말할 수 없는 것

## 작품의 세계

결코 너도 아니고 나도 아니고
그 누구도 아니고 그 누군가인
어느 누구도 아니고 그 누군가인
이 세계이기도 하면서 이 세계가 아닌

읽고 보는 자의 시공간의 재배치이면서
절대적 고독의 재배치이기도 한
작품 앞의 독자와 작품 안의 독자의 만남이기도 한

이것은 작품

독자의 시공간 앞에
진리가 고개를 든다.

무엇을 만든다는 것

동물은 육체적인 욕구에 지배되어 생산한다.
인간은 생리적인 욕구를 지배하며 생산한다.
인간의 생산은 자신이 누구인지 알려주는 것

사회는 육체적인 욕구를 이용해 생산하고
사회는 생리적인 욕구를 이용해 지시하며
잘게 쪼개어진 사회 안에서
우리는 우리가 무엇을 만드는지 모른다

만들어진 무언가는 바로 나 자신
그 직관
그 지배

## 유명세

이름난 곳으로 떠난 우리
유명세의 거리와 유물은
우리를 만들었고
나를 만든다.

그 틀에 맞춰갈수록
만들어진 나는
내가 나인지도 알 수 없어지는.

Welcome
Who I am

# 후불 통지서

오늘 하루의 노동은 내일의 식비
일주일간의 노동은 한 달의 세금
이주일간의 노동은 한 달의 월세

나는 누구일까.

내가 누구인지는
사후에 고지받는다
어떤 능력을 발휘하고
어떤 자원을 사용하는지

관계 속에 던져진 우리는
관계 속에 행했던 의미와 가치 속에서
내가 누구인지
뒤늦게 안다

나는 누구이고 싶었을까,

주체성의 기원은 존재가 아니라 행동이라며
하루치 한 달치 기록의 통지서를 바라본다

나는 누구이길 바랐을까.

## 홍등가의 의자

붉음은 정열
환하고 밝은 정욕이 몰려드는 거리가 있습니다.
붉은색의 조명 아래
불편한 방석 위에는 여인들이 앉아있습니다.
그 뒤에 가려진 사연들
어둠 속 불빛을 따라온 하루살이 중
춤을 택한 이는 더욱 큰 나방이 되어 불빛에 달려듭니다.

의미 없는 춤이 끝난 후
나방은 다시 어둠 속으로 숨고
방석 위에는 가루만 남아 있습니다.

분통 안에는 여인들의 감정을 가리는 분이 있습니다.
기억을 계속해서 뒤로 되감아보면
어린 시절 겨울
의자 위에 앉아
칠판에 흩날리는 분필 가루를 보는 나 자신이 있습니다.

## 붙잡다

예술은 유한함과 죽음을 잊게 한다
시간과 기억 속에서 우리는 미를 느낀다
지나감이 있기에 예술은 아름답다

인간의 삶은 시간으로 구성되어 있다.
태어남과 죽음 사이 유한적 존재에게
시간은 이야기가 되고
이는 다시 시간 속으로 스며들어
유한함을 붙잡는다.

그래서
삶은 이야기의 구조다.
소설과 역사는 구분되어서는 안 된다.
역사보다 소설이 인간을 더 잘 나타낼 때가 있다
과거와 현재 미래 위에 우리는 걸쳐 있다.

그래서

우린 동시를 살고 있네
나는 오늘을 붙잡았네

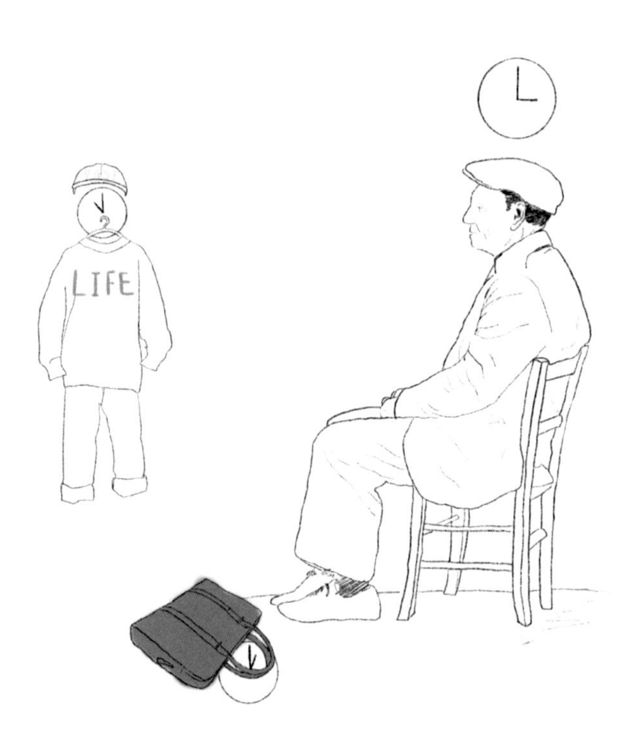
LIFE

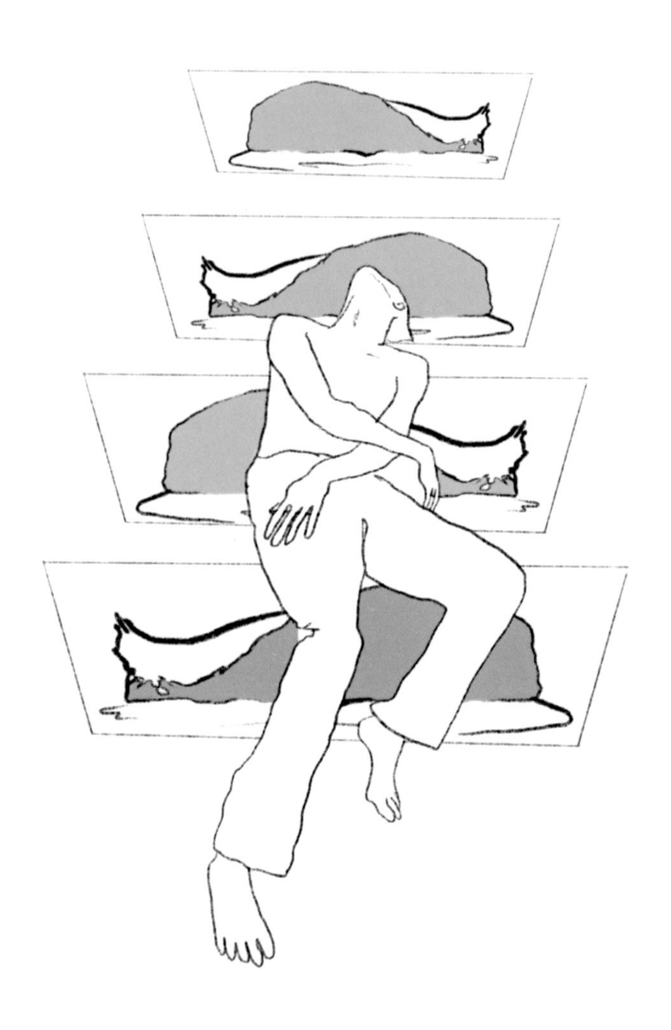

## 파토스

예술의 미적 순간들
종교의 깨달음의 순간들
친구와 우정의 순간들
불현듯 깨달음의 순간이
도래한다.

파도처럼 무시무시한 시간 속에서
우리는 순간을 잡는다.
모든 아름다움은
지나감의 사라짐의 미학에서 온다.

우리의 시간은 과거뿐이고
우리의 미래는 과거뿐이고
우리의 과거는 과거뿐이고
우리의 과거는 지금이었네

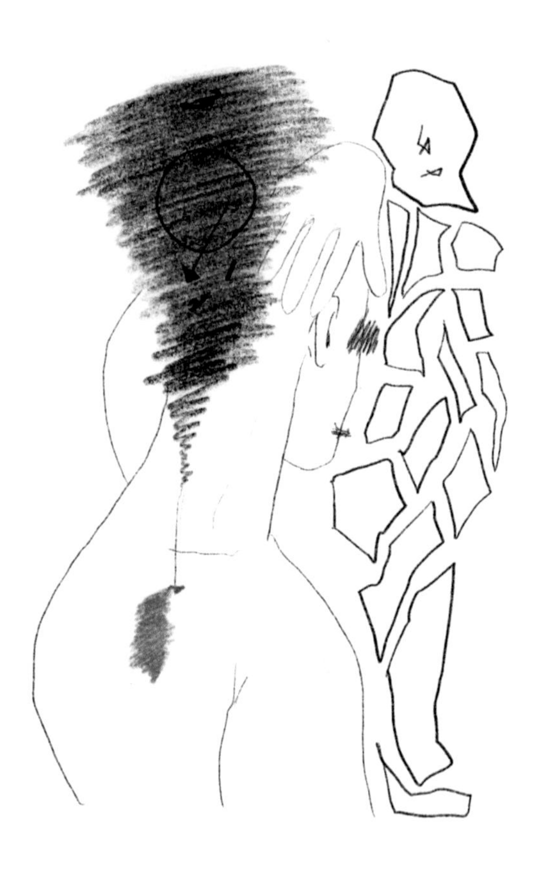

# 모두가 예술가

위대한 예술가가 위대한 것이 아니라
인간의 삶이 위대하기에 예술이 위대한 것이다.
단 한 번 밖에 없는 삶 앞에,
파괴적인 시간의 공포 앞에
공포에 사로잡히지 않고
시간을 붙잡는 사람
기억을 붙잡는 사람

## 예술가

예술가는 스스로 부정하며
타자를 긍정하는 이중성 한가운데
웃음을 표현하고
그 웃음의 존재를 부정하며 웃을 수 있는 자

웃음의 본질을 아는 오직 한 사람
긍정과 부정 위에서 삶을 영위하는 자
무의 공간에서 무한한 기표 놀이를 즐기는 자

Smile

## 시를 읽는다는 것

까만 하늘을 배경으로 수놓아진 별 사이
어딘가 선을 긋고 연결하는 것은,

어느 별과 어느 별을 연결할지 정하는 것은,
연결된 별에 관해 이야기하는 것은,

의미를 맞춰간다는 것은,

문자와 운과 행으로 이뤄진
시라는 별똥별이 떨어진다는 것은,

너와 내가 함께 떨어진 별을 찾으러
세상을 향해 나가는 것

## 진실

과거를 기억하기 위해선
상대가 있어야 한다.
과거를 생각해낸다는 것은
나와 상대 사이의 친밀한 기대를 바탕으로 한다.

내가 회상한 과거는 정말로 있던 일이었나?
듣는 상대방이 누구인지에 따라
스스로 기억을 만들고
나의, 우리의 존재의 승인의 불꽃을 점화하는 것이
진실 아닐까?

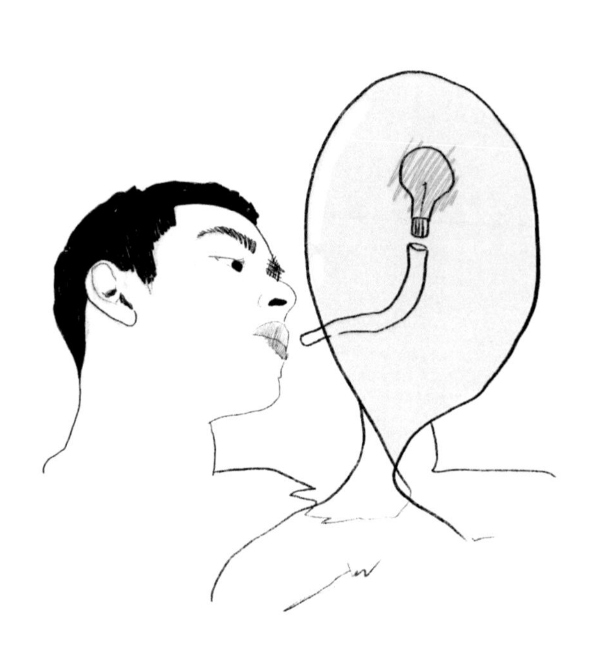

## 공허감?!

공허하지 않은 자 있는가?
존재의 조건은 아닐까?
고상하게 말하자면 고독
자유를 향한 외로움은 고독

모든 것을 가진 자는 공허감을 느끼진 않을까?
공허는 자기를 돌아보는 자에게
강하게 다가오는 건 아닐까?
한바탕 소란스러운 사랑의 쾌락 후
곧바로 나타나는 하강의 고통에서
기쁨을 누린다는 것 그 자체의 생리적 조건이 아닐까?

고상한 욕망과 짐승 같든 욕정 속에
우리는 시공간의 제약에 묶여 있고
정신은 몸을 탈출하지 못한다.

이것을 이루면 저것이 보이고
이곳에 오르면 저곳이 보이네

깨달은 자 공허하지 않을까?
육체를 가진 자는 반드시 공허하지 않을까?

예술가와 성직자에게 파토스는 재료가 아닐까?
고독과 외로움 공허 속에 창조가 꽃피우는 건 아닐까?
마음껏 공허하고 고독하고 괴로워하자
창조의 꽃이 필 테니

# 우리가 찾고 있는 것

시를 쓰고
글을 쓰고
노랠 하며
연주 하며
그토록 찾고자 하는 것은 응답

시를 읽고
글을 읽고
노랠 들으며
그토록 찾고자
했던 것은 물음

우리는 물음으로 구성된 존재

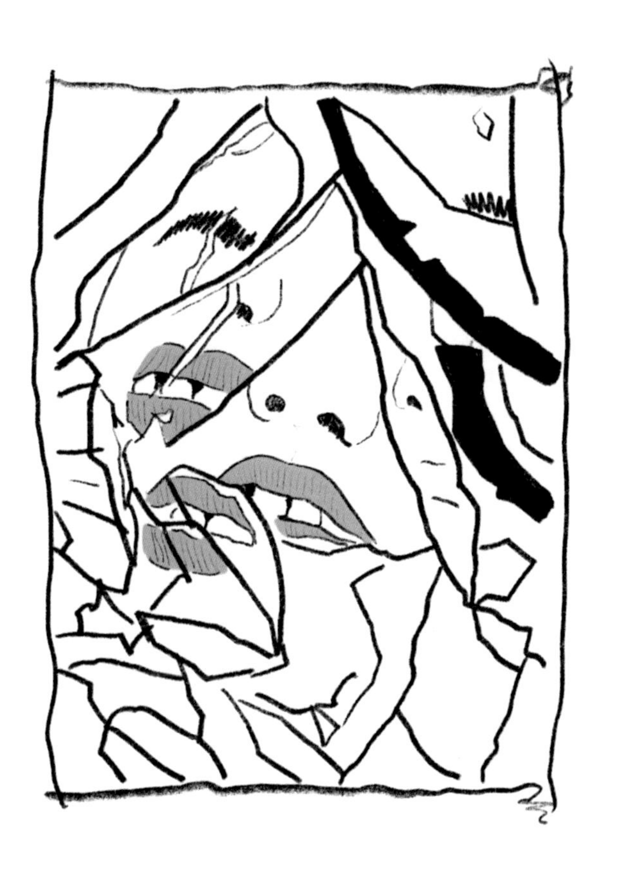

## 눈이 오면 보고 싶고 즐겁다

눈이 오면 모두 보고 싶다
똑같았던 세상이 하얗게 덮일 때
왜 같은 세상이 보고 싶을까?

우리 각자의 신화를,
해석의 공간과 삶의 신비를,
태초의 신화와 자궁을 그리워하는 걸까?

눈이 오면 왜 즐거울까
세계가 하얗게 되면 일상에서 빠져나오는 건 아닐까?
이성이 중지된 머리 위 내린 하얀 눈은
늙어감을 상기시켜 동심을 그리워하게 만드는 게 아닐까?
잃어버린 공간, 하얀 도화지의 물감의 질료는 아닐까?
푸석해지고 헝클어진 우리 마음에
수분을 건네주는 건 아닐까?

우리도 눈처럼 찰나의 순간 어딘가 내려앉은 존재라
순간을 기억하려는 것은 아닐까?
내리자
내려앉자
그대와 나 원했던 곳으로
눈이 내린다.

## 순간

우리는 순간을 삽니다.
순간을 못 사는 이들도 있습니다.
과거에 잡혀있는 자는 과거에 삽니다.

미래에 야망을 가진 자는 미래에 삽니다.
야망이 실체가 아니라 허깨비일지라도
미래를 위해 순간을 희생하고 있습니다.

생각해 보면 모든 과거
상상해 보면 모든 미래
지금과 연결되어 있습니다.

상상했던 꿈이 이루어지지 않는 현실에서
나와 당신의 삶을 미래로 가져다 놓으려는 것
회상했던 꿈결이 이루어지지 않는 현실에서
나와 당신의 삶을 과거로 갖다 놓으려는 것
그 모든 것이 순간을 살지 못하게 합니다.

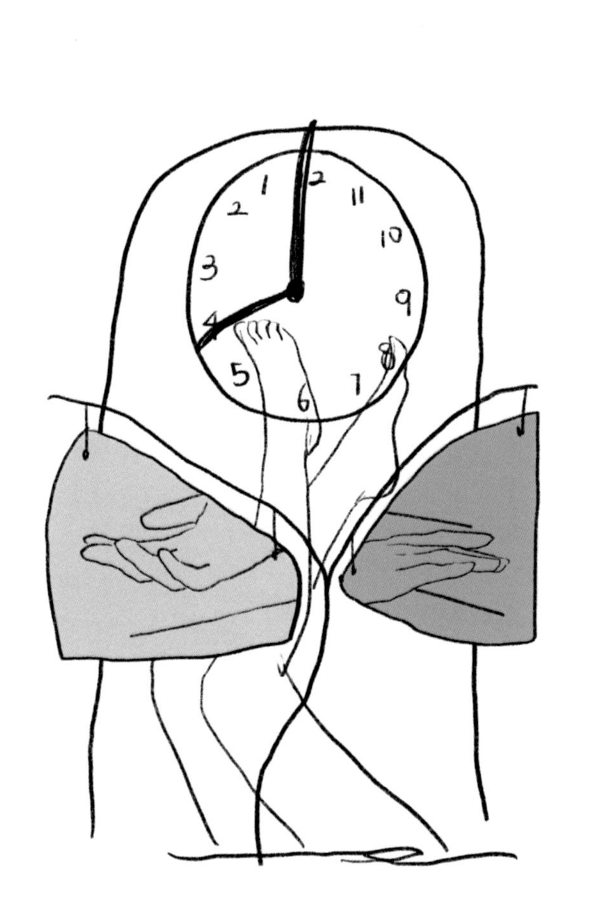

거부하세요
시계 앞에 우두커니 서세요

원으로 이루어진 시계는
앞과 뒤로 돌릴 수 있습니다.

과거와 미래 현재를 맞추려는 우리
뒤돌아서 지금은 바라보는 건 어떨까요
지금을 걷는 건 어떨까요.

# 유독 길고 긴 겨울을 걷는 널 위해

밤바람이 서늘히 등으로 스치는 바다에서
우리들의 추억을 떠올려 보곤 해.
안개 낀 밤하늘에 별은 보이지 않지만
스치는 바람이 별들을 토해내.
별이 해변에 쏟아지면 추억이 모래가 되고
모래는 금방 쓰러지는 모래성이 되곤 해.

찰나의 순간, 모래성을 응시하는 우리
기억들은 모래가 되어 발아래 있지만
어쩔 땐 해변으로 따사로이 비치는 빛이
모래를 빛나게 하나 봐.
유독 길고 긴 바다를 걷는 너에게
모래바람이 너무 세차게 흩날리지 않게
내가 서 있을게.

## 부비 트랩

트라우마에 갇힌 사람은 과거에 살고
기대감이 사는 사람은 미래에 산다.
끝을 향해 무작정 달려 나가는 시간과
삶의 경험의 순간을 포착하는 시간 중
한쪽 발은 경험의 순간이라는 함정을 밟고 만다.
앞으로 나아가려 해도 함정을 우리를 놓아주지 않는다.
시간이 흐르는 세상에서 산다는 것은
미래에 대한 기다림이자, 기다림의 축적이다.
시간이 흐르고 축적된다.
카이로스의 대지로 발을 뻗으려 해도
어느 순간 크로노스의 함정으로 변해있네.
우린 과거를 산다.
지금 이 순간이
유일하게 함정을 벗어난 순간 아닐까

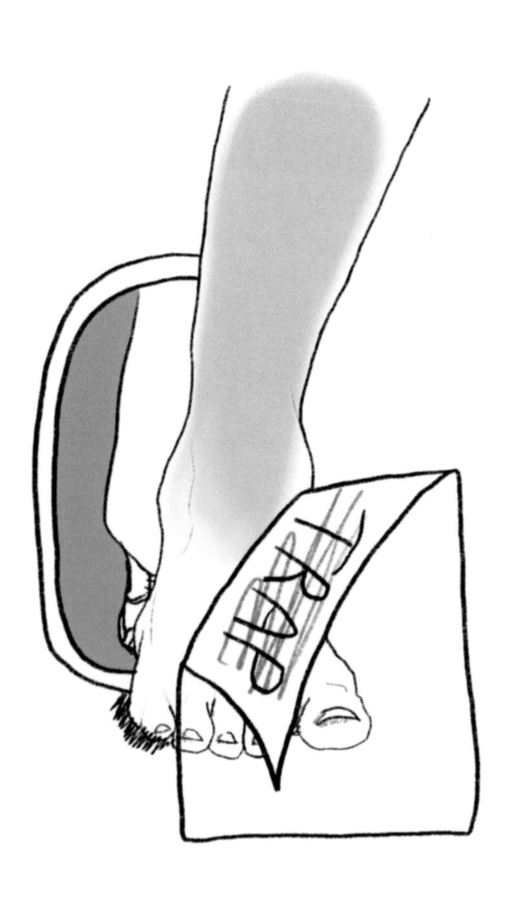
TRAP

# 낮은 침대

낮은 침대 위
낮게 누워있다

낮은 언덕 위에서 높은 곳을
응시하듯이

더 낮게
하늘과 멀어지는 자신을 보며

이불에서 나는 한여름 땡볕 마당의 세제 냄새는
돌아오라 말하는 고향의 냄새

땡볕 마당과 이불의 펄럭임 위에 올라타
춤을 알려주겠다며 손 내미는 고향의 냄새

한바탕 춤사위는
내 마음과 내 몸을 정화한다.

낮은 침대 위

이불로 몸을 동여매면

낮게 떨어지지만

날 수 있다.

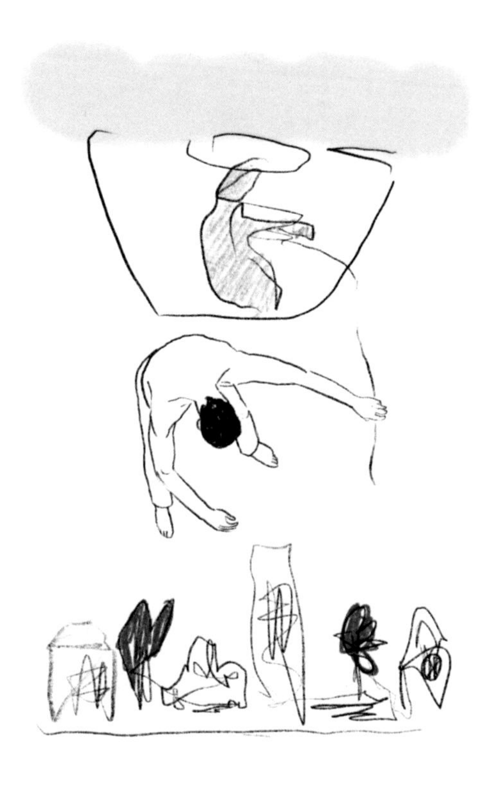

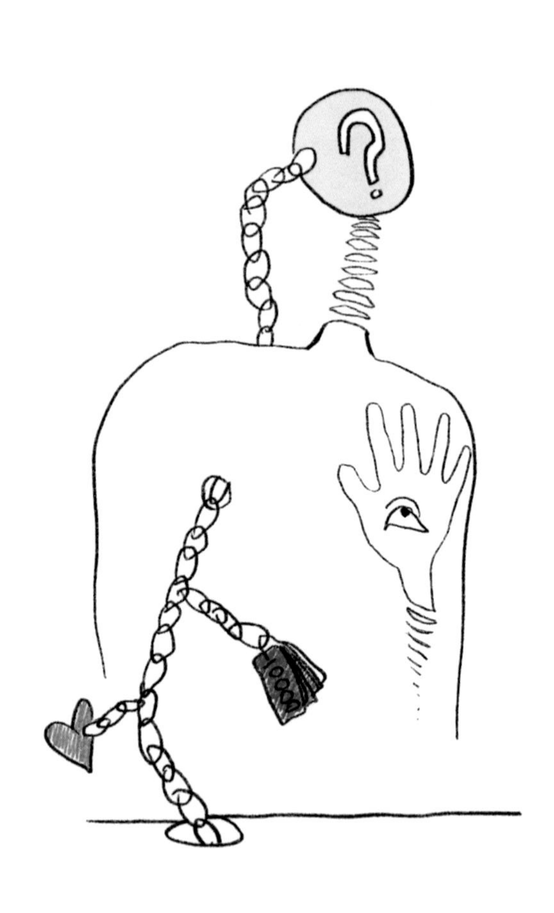
10000

## 원하지만 가질 수 없는,
## 말하지만 쉽게 말할 수 없는

추구하는 자가 원하는 것
오브제는 자본이고 돈이 된다.

모든 욕망을 보이지 않게 추구하게 만들고
붙잡으려면 뒤로 가고
사회의 의미와 사슬의 연결을 미끄러지게 만드는 것

그러면서
어느 날 갑자기 찾아와
상징과 의미의 구멍을 관통하는 것

돈

모든 욕망의 노예
스크린으로서 작동하고
다 잘 살아야 한다 말은 쉽지만
몫이 없는 자 몫을 안 찾는 자
그 누가 자유로울 수 있을까.

# 사랑이란 U · ᴥ · U(개)

경계하다가
냄새 맡다가
같이 놀다가

멀어지면
품을 그리워하다가
헤어지면
향기를 그리워하는 거

you me

## 종소리

짜깍짜깍 종소리에 맞춰
열 맞춰 걷는 우리

종소리가 24번 울리는 사이
온도가 12번 바뀌고
계절이 4번 바뀐다.

24번의 큰 종소리는
나를 거쳐서 대지를 진동시키고

12번의 온도 변화는
바람을 느낄 새도 없이

나무에 걸렸다가 사라지고

4번의 계절은
행 사이 여백으로 사라진다.

## 소용돌이

고요한 바닷속 요동치는 소용돌이는
아무리 바다를 괴롭혀도
바다는 단 한 방울의 물방울도
소요하지 않는다.

소용돌이가 몸부림치며
나는 당신과 다르지 않다고 소리쳐도
바다는 그저 고요하다.

고요한 바다 같은 세상
소용돌이치는 마음
휘몰아치는 너와 나

## 7살 만호

내 친구 중 7살 먹은 만호가 있어요.
묶여 있어 자유롭지 못한
메여 있어 날지 못하는

하루 종일 사슬에 묶여 있지만
개에게는 1년이 7년이래요.
만호에게는 7년이 49년이지요.

만호는 반평생을 기다려요.
아니요 평생을 기다려요.
만호의 1년이 7년인지
저는 몰라요.

나는 이제 33살 먹은 청년이 되었어요.
묶여 있지 않지만 자유롭지 않아요.
날 수는 있지만 날 이유를 못 찾는

나는 인내심이 많지 않아요.

나에게는 7년이 7일 같아요.

나에게 1년이 하루 같은 지

저는 몰라요.

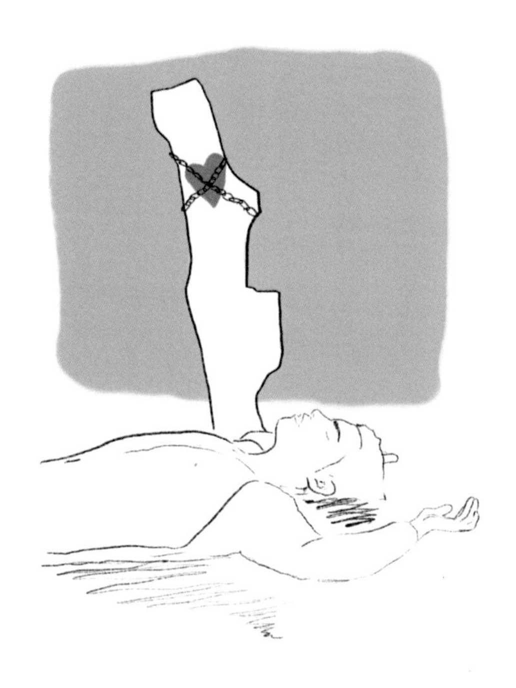

## 예술 예찬

시간 속에 사는 우리
시간에 대해 질문하지만
시간에 대해 알지 못합니다.
시간은 기억과 기대로 붙잡아야 하는 것일까요.
우리는 기억 속에서 삶의 이유를 찾습니다.
삶과 죽음은 시간의 당연스러운 물결
예술은 물결을 마주한 저항
아름다움을 붙잡으려는 기억입니다.

기억이 없다면 어떻게 될까요?
노파가 서랍에서 꺼낸 젊은 청춘의 흑백사진은
노파가 삶에 의미를 부여합니다.

한 장의 사진을 볼 때마다
노파의 인생에는
시간의 무상함과 과거를 기억이 결합되며
현재에 의미를 부여합니다.

Love

모든 예술은 기억에 호소합니다.

기억에는 밀도가 있습니다. 눈앞에 놓인 사과를 수만 가지 방법으로 그려낼 수 있듯 모든 예술은 인간의 유한함을 붙잡으려 나타나는 건 아닐까요? 지금 흐르는 노래, 쓰는 글, 방금 찍은 사진 모두 순간이자 기억이 됩니다. 거기엔 어김없이 과거가 있습니다.

지금을 살고 있지만,
과거도 함께 살고 있는 당신과 나는
예술을 하고 있는 것입니다.
아름다움은 지나감 때문에 존재하는 것
시간도 삶의 이야기이기에
예술을 하는 모든 사람의 이야기는 소설이 됩니다.
당신과 내가 곧 예술입니다.

# 시인의 고통

갑자기 우주에 던져진 인간
빅뱅이라는 무한한 움직임 속에서
우리는 무언가를 고정시켜야
그 무언가를 인식할 수 있다.
무한히 앞으로 나아가는 바람에 언어를 입혔지만
바람은 언어를 입지 못했다.

문제가 시작되었다.
바람을 제대로 인식할 수밖에 없다
무한한 바람을 잡아 고정시켜
순간을 포착해야 인식할 수 있었다.
포착된 순간 속에서 생각이 시작되었다.
변화와 침묵하는 진리 사이에서 나타난 해석과 개입

거짓이 시작되었다.
인간의 관점에서 모든 것을 해석하기 시작했다.
변화하는 만물에 의미를 부여하는 일

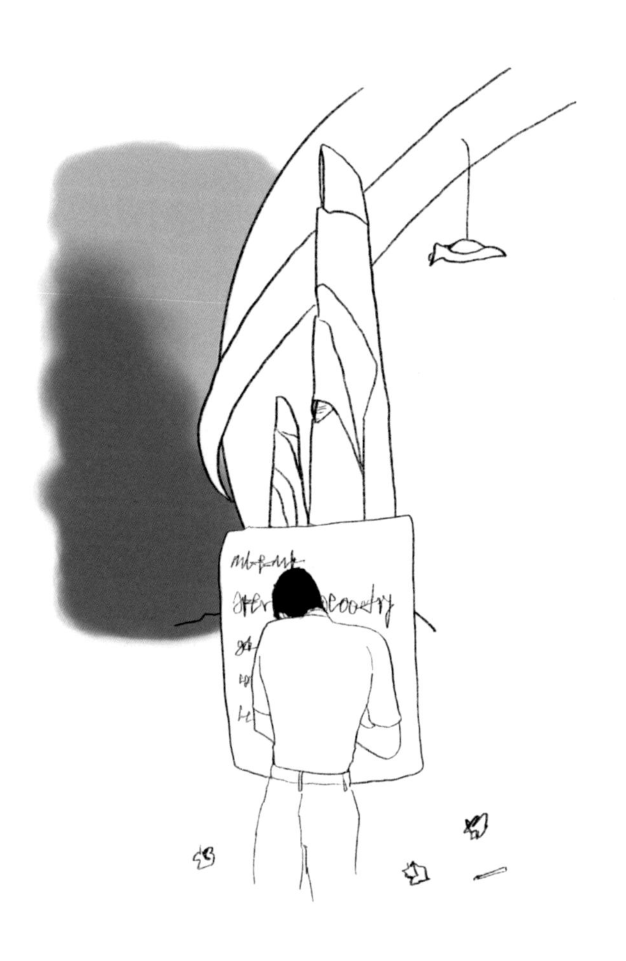

모든 언어는 은유다.
편의상 만들어 놓은 것에 진리는 없다.
개체는 사물을 인식할 수 없다.
나무라는 언어와 나무 그 자체는 일치하지 않는다.
인간의 언어로 규정되는 순간
나무는 죽어버린다
진리는 허깨비일지도
시인의 관찰은 허깨비 불일 지도 모른다.
모든 것은 움직이고 있다.
관찰하는 사람은 모두 시인의 고통을 갖고 있다.
언어는 진리를 인식할 수 없다.
개념은 수만 가지의 의미 중 하나를 선택해
열린 것을 하나로 닫아버린다.

침묵하는 우주에 새로움을 입히는 인간
시인은 변화하는 세계를 볼 수 없는 것은 아닐까?
진리 그 자체가 변화는 아닐까?

## All about love

자본주의 시대에 사랑까지 교환으로 변질되었다
사랑도 물건처럼 해체될 수 있다고 생각하는 자들에 의해
학벌, 집, 재산
측정할 수 있는 크기가 사랑의 척도가 되었다.
자본주의 사회의 필수조건이 자본이듯
사랑도 자본이 필수조건이 되어버렸다.
미디어에 의해 사랑은 그릇된 이미지를 가졌고
대리만족을 하며 살고 있는 건 아닌지.
우리가 사랑하는 건 자본을 키우는 것
그 이상의 의미가 없어진 건 아닐까.

널 사랑해가 아닌 네게 사줄 수 있어의 시대

사랑은 두 사람의 인격이 아니라
두 사람의 세계가 만나는 것이다
각자의 정신과 물질을 가진 두 세계가 충돌하며 분리, 분노, 좌절의 파편이 사방에 흩어진다. 우리는 화려함 속에 살지만 동시에 외롭고 고독하다. 함께 있지만 함께 있지 못한다. 자기애가 없기 때문이다. 자본은 우리에게 무엇

이 되고 싶고 무엇이 되고 싶지 않는지 매일 묻는다. 우리는 우리가 원한 것이 무엇인지조차 잊는다. 자기애의 상실은 사랑의 상실이 된다. 상실은 용기와 표현까지 잃게 한다.

자기를 잊고 표현까지 잃으면 사람은 죽는다. 사랑도 표현하지 않으면 죽는다. 표현은 사랑을 되살아나게 한다.

사랑이 두 세계의 충돌이라면 나와 상대가 무엇인가를 고민하는 순간의 충돌은 지금과 다를 것이다. 우리는 재조립되고 맞춰지며 새롭게 창조된다. 무엇이 되어야 한다는 미디어를 소거하고 내면에 귀 기울인다면, 자기 세계를 찾고 표현한다면, 뜨겁게 사랑했던 낭만은 살아나 아름다운 사랑할 수 있지 않을까.

## 해변에서

사랑이란 사건이 일어나 마음이 흔들리면
우린 모래사장 위 그려 놓은 얼굴일지도 몰라.
모래사장의 모래는 우리 각자의 얼굴이 되고
세상과 파도는 끊임없이 얼굴을 지우네

사랑에 지배와 피지배의 관계에 있다면
그건 사랑이 아니야
만약에 그렇다면
모래사장 위 얼굴이 아니라 파도와 바람일 거야

사랑이란 모래사장 위 두 얼굴과 두 모래성
관계의 시작은 모래사장 위 서로의 얼굴을 그리는 것
사랑의 시작은 모래사장 위 끊임없이 지워지는 얼굴을
다시 그리고 짓는 일일 테니까

우리 해변 위 얼굴을 그리자
끊임없이 지워져 가는 동안
해변 위 얼굴과 바다의 바람이 되자
완전해지자

LoVE

## 욕망과 절망

지금, 지나간다.
존재하지도 않는 미래에 대한 오늘의 반납
트라우마로 남은 과거에 대한 어제의 반추

지금, 야망과 절망 사이를 걷고 있다.
깊은 곳을 걷는 자에게 가능성은 없다.
가능성이 없다 생각하기 때문에 과거를 볼 수 없다.

어떤 날, 불안이 찾아온다.
유한성을 깨닫는 거리와 걸음에서
타자에 의해 의미화된 시간
사회에 의해 의미화된 시간

지금을, 살아가자
실존의 시간을 살아가자
역사성을 돌아보자
예수가 온 이유는 과거의 죄를 속죄하고
과거에 잡혀 있지 않기 위해서였고
석가가 온 이유는 과거의 연기에 갇혀 있지 않기 위해서였다.

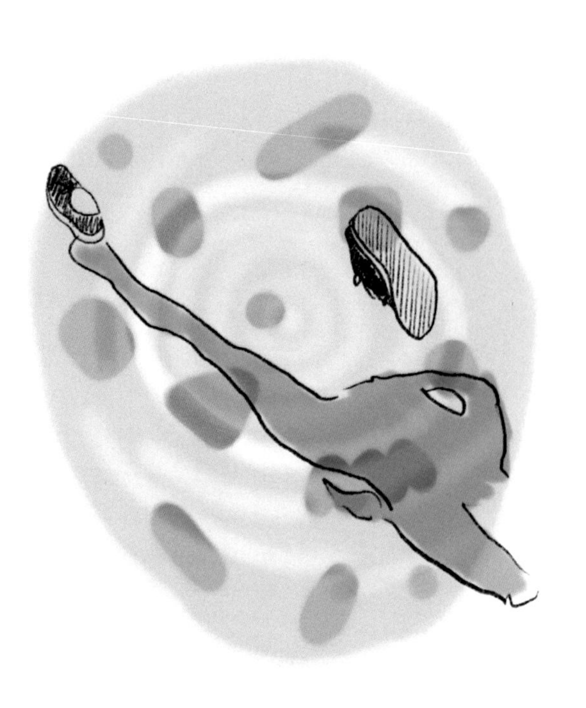

## 술래와 망각

우리 언제나 망각 안에 있다.
우리 망각으로 가자
말소된 흔적
한 번 있었던 경험은 지나가 버리고
지금은 생각나지 않는 것
내부와 외부에 숨겨진 음표들

망각은 숨바꼭질의 흔적 속에 있다.
술래가 되면 음악과 함께 일어나지
음악은 우리가 잊고 있던 무의식을
자극하고 꺼낸다.
무언가 잡길 원하고 것처럼.

가고 없기 때문에 애절하고
눈을 감고 있는 술래이기 때문에 찾고 싶고 보고 싶은
그리운 음표의 소리들

술래는 눈을 감고 있어 불안하지만
음표 하나를 찾기 위해 오감에 집중하면

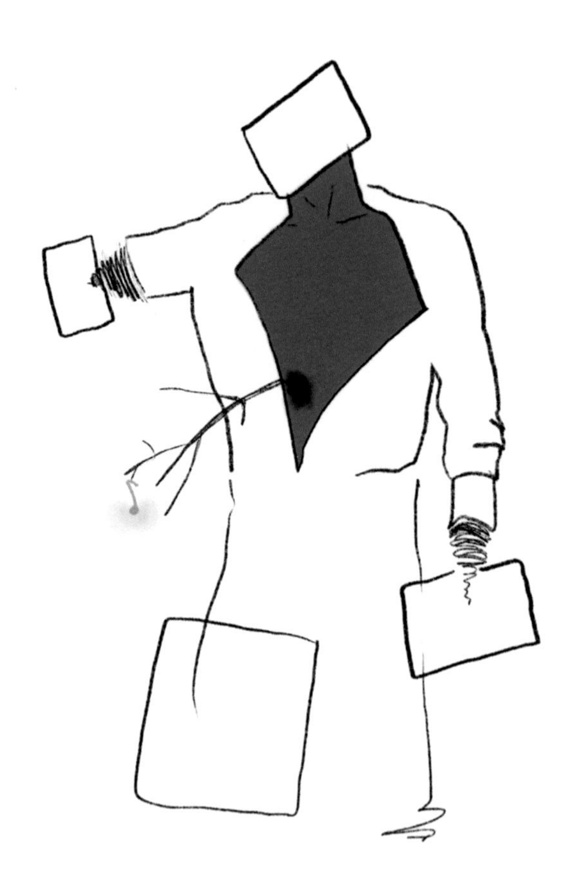

망각 속 떠오른 기억은
음악과 바람, 모든 소리 위에서 되살아 난다.

되살아난 음악 속에서 술래는
자기 앞의 나무가 전부가 아니라는 것을
찾고 있는 것이 하나의 주체가 아니란 것을 깨닫는다.

술래는 눈을 뜨고
나무 앞에서 현실의 소리로 시간을 잰다.
술래는 눈을 감고 나무에 새겨진 음표를 하나 찾고
지나간 모든 것 모든 사물은
음표로 가사로 노래로 새겨져 있네

우리 술래가 되자
숨은 음표를 찾자

## 잡초

나를 베어
그럼 나는
너의 날에
씨를 담아
시를 날려.

# 별을 삼키는 사람들

별을 찾아 삼키는 사람들의 무리
밤이 되면 채굴을 중지하는 이들

왜? 별을 찾지 않고 취해 있냐 물으니
그의 검은 입안
은하수가 걸려있다
그의 등을 두드리니
눈에 익은 별똥별이 쏟아진다.

쏟아져 있는 별들을 바라보는 우리
보았을 뿐인데 재편되는 무리와
그 안의 나

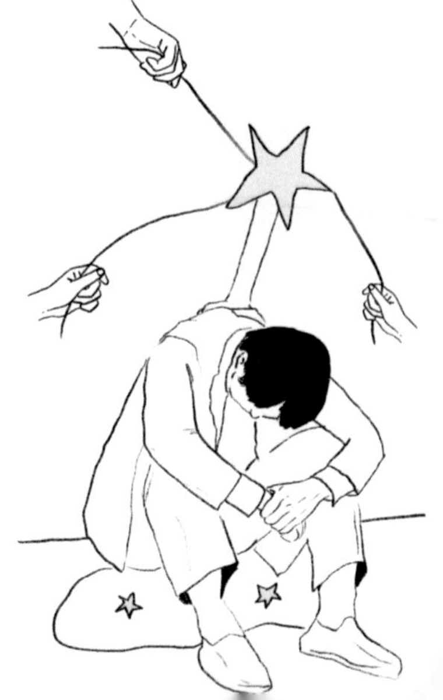

## 강변

물이 흐른다는 것은 이야기가 흐른다는 것
물가에 서서 내 이야기를 찾는다.
이야기는 없고 흐르는 물 위에 비친
내 얼굴만 쳐다 보내

모든 얼굴은 흐르고
내 얼굴은 울렁이네
나는 어지러워 흐르는 물 위에
몸을 뉘었네

모든 이야기는 부력이 되고
나는 이야기에 위에 누워 흐르다가
추락하다 가라앉네
저 깊은 곳 내 얼굴을 보는 나를 보내

## 너와 나의 이야기

여행자는 맹수를 피해 달아나다
텅 빈 우물 속으로 숨는다.
우물 바닥에는 용 한 마리가
입을 넓게 벌린 채 여행자를 기다리고 있다.
다시 우물 밖으로 나갈 수는 없다.
밖에는 맹수가 도사리고 있기 때문이다.
여행자는 우물 벽에 자라난 나뭇가지 하나를 붙잡는다.
영원히 나뭇가지에 매달려 있을 수 없다.
언젠가 손을 놓아야 한다는 것을 안다.
애써 매달린 나뭇가지를 쥐 두 마리가 갉아먹기 시작한다.
얼마 지나지 않아 나뭇가지는 부러질 것이고
여행자는 용의 입 속으로 떨어지고 말 것이다.
여행자의 위안은 나뭇가지에 매달린 꿀 두 방울.
여행자는 꿀을 핥는다.
너무 달콤하고 황홀해 잠시 용과 맹수를 잊는다.
하지만 두 방울의 꿀이 아무리 달콤하다고 한들
여행자의 상황을 바꿀 수 없다.
매달려 있을 수도 나갈 수도 없는
나감과 추락이라는 두 선택지가 있다.
진실에서 눈을 돌리게 만들어주는 꿀 두 방울이 있다.

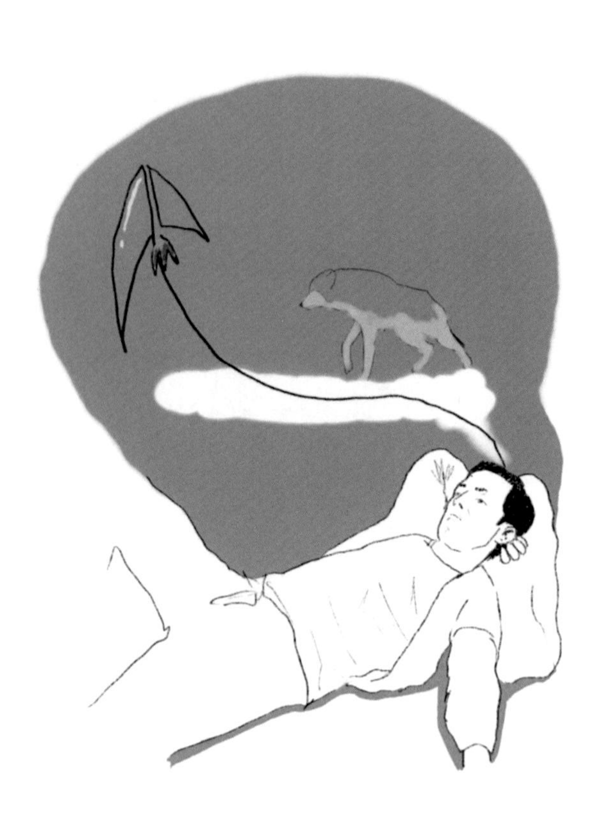

## 등을 타고 올라가는 눈송이들

눈송이기 벌판에 가라앉았다
그 사이 누워있는 날 선 기억
색이 바랜 차가운 기억

눈 덮인 몸을 펴고 기지개를 켠다
날 서고 색이 바랜 기억은
기댈 곳을 찾고

기억은 애써
따스한 면으로 달려간다

기지개를 편 몸은
차갑지만 가벼웠으며

눈을 보는 들개의 눈은 아쉬운 듯
허공에 기억을 킁킁 맡는다

킁킁 맡는 들숨은 차갑고
따뜻한 날숨은
하얗게 허공에 흩어진다.

## 타불라 라사(빈 서판)

오늘 나는 나를 그리네
내일 나는 나를 지우네

서판이라 생각했던 곳은 빈 곳이 아니었고
이미 그려진 것을 이어가며 밑줄 긋는 나였네

오늘 나는 그를 따라 그리고
내일 나는 그를 따라 지워지네

나라고 생각했던 곳엔 다른 나들이 있고
이미 그려진 수많은 나들에 밑줄 긋는 나였네

내가 아닌 나에 다른 나들에 형광 밑줄
물든 곳엔 무엇이 나였는지 모르네
그냥 빛나고 싶었는지도

오늘 나는 나를 미워하고
내일 나는 나를 사랑하네

# 3장

—

# 거리

# 3장

## 거리

다시 한번, 파도가 들이닥쳤다. 물이 밀려오는 시간이었는지 발목 언저리에서 맴돌던 것이 어느새 허리까지 차올라 있었다. 파도에 떠밀려 휘청이면서도 나는 해변을 걷는 걸 멈추지 못했다. 그러면서 동시에 나를 스쳐 지나간 환상을 곱씹었다. 그건 내 회개를 향한 축복이었을까, 한참 늦은 반성을 향한 저주였을까.

물에 젖은 몸은 갈수록 무거워졌다. 그 몸을 어렵사리 이끌고 걷는 동안 내가 얼마나 비대해졌는지 실감할 수 있었다. 어지러운 속도를 내던 자동차와 함께일 때는 전혀 알 수 없던, 영원처럼 느껴지는 느린 시간 속에서 나는 결국 탈진하고 말았다.

과거의 나였다면 걸어온 것보다 더 먼 거리도 씩씩하게 헤쳐 나갔을 것이다. 여차하면 수영해서 수평선까지 나아갈 수 있었겠지. 하지만 지금 내 몸에는 그때의 나를 움직이던 연료와는 전혀 다른 것이 흐르는 중이었다. 지방으로 얼룩진 검은 피. 오만과 경솔함이었다.

결국 쓰러지고 말았다. 철퍽 소리를 내며 주저앉자 물이 목 바로 아래까지 차올랐다. 차가웠다. 몸이 덜덜 떨렸다. 물의 압력 때문에 숨도 잘 쉬어지지 않았다. 검은 파도가 입과 코로 몰아닥쳤다. 그러나 벗어날 수는 없었다. 헐떡이면서도 나는 주저앉아만 있었다.

그때 멀리서 누군가 나타났다. 방파제 위였다. 허리가 굽은 것인지, 애초부터 키가 작은 것인지 아주 왜소한 체구처럼 보였다. 왜소한 누군가는 절뚝이는 걸음으로 방파제 옆 계단을 하나씩 내려오기 시작했다. 아직 바닷물이 차오르지 않은 모래사장에 도착한 누군가는 잠시 이쪽을 바라보았다. 그러다 돌연 내게 다가오기 시작했다.

저벅저벅 물을 가르는 누군가의 발이 검게 젖어 들어가기 시작했다. 어둠에 익숙해진 내 두 눈은 가까워지는 누군가의 형상을 점차 선명하게 보기 시작했다. 기억 속

모습보다 늙고 왜소해졌지만, 그는 내 어머니였다.

점차 거세지는 파도를 가르며 마침내 내 바로 앞에 다다른 어머니는 아무 말 없이 내 팔을 잡았다. 그리고 있는 힘을 다해 나를 모래사장으로 끌고 가려했다. 어머니의 숨소리가 해변의 파도 소리에 묻히지 않을 정도로 거세졌다. 그러나 나는 고작 한 발짝 정도 움직였다. 늙은 그녀의 힘만으로는 거구의 사내를 옮기는 건 불가능했다.

그런데도 나는 어머니에게 협조하지 않았다. 그저 멍하니 주저앉은 채 어머니가 내게 이러는 이유를 생각했다. 나를 해변으로 끌고 나가 무얼 하려는 걸까. 멱살을 잡고 뺨을 때리며 왜 이제야 나타났냐며 질책할까. 다시는 얼씬도 하지 말라며 침을 뱉을까. 그보다 더한 일을 저지른다고 해도 그녀의 명분은 충분했다.

바닷물 때문에 쓰라린 눈으로 나는 어머니를 올려다보았다. 흐린 시야 속에선 어떤 것도 알아보기 힘들었는데, 단 하나 내 눈을 사로잡은 것이 있었다. 그건 별처럼 반짝이는 무언가였다. 그것이 어머니의 눈가 근처에서 반짝이는 중이었다. 눈물이었다. 달빛이 그 눈물 위에 맺혀 반짝이는 중이었다.

길 잃은 배가 발견한 북극성처럼, 나는 그 빛을 따라

어지러운 마음의 가닥을 잡아가기 시작했다. 그리고 한 가지를 깨달았다. 침을 뱉거나 뺨을 때릴지라도, 욕을 쏟아내고 물건을 던지고 싶더라도. 어머니에게 남은 것은 나 하나였다. 내가 살아야 그녀가 무엇이라도 할 수 있었다.

벌떡 몸을 일으켰다. 검은 바닷물이 내 온몸을 타고 흘러내렸다. 온몸으로 차가운 공기가 느껴졌다. 무언가 빠져나가는 동시에 다시 채워지는 기분이었다. 나를 부여잡고 있던 어머니의 손을 꼭 그러쥔 채로 나는 해변으로 걸어 나갔다. 모래사장 위에 나와 어머니의 발자국이 나란히 새겨졌다.

*

집에 돌아온 우리는 서로 별다른 말을 하지 않았다. 나로서는 어머니가 무슨 말이라도 해주길 바랐지만, 어머니는 기력이 다한 건지 묵묵부답이었다. 구해놓고 보니 울화가 치솟는 건지도 몰랐다. 그녀의 눈치를 살피며 나는 거실을 배회했다. 그때 나는 거실 한쪽에 놓인 아버지의 영정과 눈이 마주쳤다. 그 앞에 자그맣고 하얀 자기가 놓여 있었다. 뚜껑을 열어보지 않았지만, 그 안에 무엇이 있을지 알 것 같았다. 나를 살피던 어머니가 방문 하나를 열었다.

월포리를 떠나기 전 내가 쓰던 방이 거기 있었다. 내 기억 속 모습 그대로인 방이 나를 반겼다. 그리고 그건 어머니의 환영 인사이기도 했다. 내가 없어진 후에도 그 방을 닦고 정돈하고 하염없이 보살폈을 어머니의 모습이 방 구석구석에 아른거렸다.

어머니는 나를 방으로 들여보내곤 안방으로 사라졌다. 방 안에 홀로 남은 나는 쓰러지듯 침대에 누웠다. 포근하고 산뜻한 향이 났다. 어머니가 방이 되어 나를 있는 힘껏 안아주고 있는 것만 같았다.

처음 며칠간은 방에서 나오지 못했다. 나가고 싶지 않아서였다. 그런 나를 위해 어머니는 직접 밥을 차려 손수 상을 내 방까지 가지고 들어왔다. 처음에는 밥의 양이 부족했다. 살이 많이 찐 것처럼 위도 늘어나서 나는 어머니가 평소 먹는 밥의 세 배는 거뜬하게 해치웠다.

어머니는 그런 나의 먹성에 맞춰 밥을 많이 짓기 시작했다. 아주 오랜만에 느끼는 집밥의 따스함과 그리웠던 어머니의 손맛을 느끼느라 그 밥을 정신없이 먹어 치웠다. 그러던 중, 어머니는 식사하지 않는다는 것을 알아차렸다.

꺼림칙해진 나는 숟가락을 내려놓고 어머니에게 자초지종을 물었다. 어머니는 끝내 대답을 피했다. 참지 못한 내가 주방으로 달려가 쌀 포대를 확인한 후에야 상황이 대충 파악되었다. 어머니에겐 당장 쌀을 살 돈도 없었다. 그런데도 나를 먹이기 위해 그녀는 자기 밥을 줄이고 있었다. 나는 그 자리에서 먹은 것을 모두 게워내고 말았다.

도대체 나는 서울에서 어떤 사람이 되어 돌아온 것일까. 어머니를 잡아먹는 괴물이 되어버렸다는 죄책감과 혐오감에 몸이 부들부들 떨렸다. 그런 나를 어머니는 꼭 안아주었다. 아무 말도 하지 않고 어떤 표정도 짓고 있지 않았지만, 나는 어머니의 마음을 온몸으로 느낄 수 있었다. 내 잘못이 아니라고 그녀는 필사적으로 나를 향해 말하고 있었다.

다음날, 나는 아침 일찍 집을 나섰다. 바닷가 근처에 인력 사무소가 있었다. 원래 건달들의 아지트였다. 침을 꿀꺽 삼키고 인력 사무소의 문을 열었다. 낡은 소리를 내며 문이 열렸다. 늙은 사무소장이 담배를 피워 문 채 나를 맞았다. 처음 보는 얼굴이었다.

대기석에는 이미 몇 명이 앉아 있었다. 대부분 피부가 까만 외국인이었다. 알아들을 수 없는 언어로 자기들끼리 떠들던 그들은 내가 옆자리에 앉아 일순 조용해졌다. 그리고 나를 위아래로 훑었다. 외지인을 바라보는 눈빛이었다. 그들의 시선을 애써 무시한 채 나는 내게 일자리가 배정되길 기다렸다. 고향이라 생각했던 곳에서조차 낯선 이들에게 경계의 눈빛을 받게 된 삶에 대해 생각했다. 시간이 너무 느리게 흘렀다.

일자리는 많았다. 대부분 막노동이나 공장일이었다. 이곳저곳으로 출퇴근하면서 나는 마을의 변화를 실감할 수 있었다. 자그마한 마을 주변에 거대한 공장들이 수두룩하게 들어서 있었다. 매연과 먼지, 소음과 거대한 트럭이 수시로 마을을 가로질렀다.

과거의 풍경이 그대로 있을 거라는 기대는 추호도 하지 않았다. 다만 이런 식으로 잠식당하길 바란 건 아니었다. 그렇다고 돈을 버는 건 멈춰서는 안 됐다. 몸이 아픈 어머니가 일하지 못하는 사이 집 대문 앞에는 고지서가 가득 쌓였다. 전기가 끊겼고 곧 가스도 끊길 예정이었다.

하루 벌어 온 돈으로 하루를 살아내며 나는 점점 무기력해졌다. 황폐해진 마을 풍경과 이방인 취급 탓에 활력을 점점 잃었고, 내게 말을 건네지 않은 어머니와 거실을 나설 때마다 마주치는 아버지의 영정 사이에서 밥맛을 잃었다. 그렇다고 몸은 가벼워지지 않았다. 그저 무언가 계속해서 빠져나가 공허해지는 것만 같았다.

최 형이 나를 다시 찾아온 건 내가 이곳으로 내려온 지 채 한 달이 안 되었을 때였다. 용건은 간단했지만, 최 형의 태도는 간절했다. 내가 없어지자 업장의 운영이 크게 차질을 겪고 있다는 것이었다. 잘못을 시인하고 머리를 있는 힘껏 숙여 사과하며 최 형은 내가 보지 못했던 비굴한 모습으로 내게 빌었다.

사과를 바라고 떠난 것은 아니었다. 그런데 최 형이 사과와 함께 내민 가방에 그 마음이 흔들렸다. 가방 안에는 거액이 들어 있었다. 내게서 몰래 빼돌린 돈은 물론 운영하던 술집을 처분해 마련한 것이라고 최 형은 말했다.

나는 최 형의 절뚝이는 오른 다리를 바라보며 마지막으로 단 한 번 그를 용서해야 할지 고민했다. 어머니까지 서울로 모시고 가서 새롭게 시작하자는 제안이 달콤하게 들리는 이유에 대해서. 그리고 심장이 뛰는 이유에 대해서 외면하면서도 알아내려 갖은 애를 썼다.

익숙한 감정이었다. 월포리를 떠나던 날 나를 휘감았던 대상 없는 증오와 매우 흡사했다. 별다른 해결책이 없었다. 그렇다고 이 감정에 휘말려 결단을 내리기는 싫었다. 이미 그 결과를 뼈저리게 실감했기 때문이었다. 나는 최 형에게 시간을 달라고 말했다. 최 형은 얼마든지 시간을 가지고 대답해 달라며 내 손을 잡았다.

서울로 떠나기 전 내게 일주일의 말미를 주던 어린 최 형이 떠올랐다. 그땐 찾아볼 수 없던 비굴함이 지금 최 형의 얼굴에 가득했다. 그리고 최 형의 눈동자에 비치는 내 얼굴에도 낯선 감정이 가득했다. 망설임과 두려움이었다.

도대체 어디서부터 잘못된 것일까. 당최 갈피를 잡을 수 없었다. 그런 혼란 속에서 정신을 차려보니 나는 어느새 거리로 나와 있었다. 갈림길 앞이었는데 오른편으로 가면 곧장 해변이 나타났고 왼쪽으로 가면 마을의 깊은 골목으로 들어가는 곳이었다.

처음엔 오른편으로 가려했다. 고민하는 와중 좁은 골목을 거닐면 오히려 안 좋을 것 같아서였다. 그런데 도저히 바다 쪽으로 발이 떨어지지 않았다. 무서웠다. 주저앉아 검은 파도를 맞았던 그 밤의 기억이 자꾸 나를 괴롭혔다. 모래에 새겨져 있던 무수한 글자들처럼, 자꾸 내게 말을 걸어오는 풍경이었다. 도저히 알아들을 수 없는 그 말소리는 끔찍한 저주 같기도 했다.

결국 골목으로 접어들었다. 낯선 풍경들만 가득할 거

로 생각했는데, 막상 걷다 보니 익숙한 모습이 나타나기 시작했다. 굽이진 골목 곳곳에 남아 있는 낙서들, 자그마한 집의 담장을 타고 오르는 담쟁이, 어딘가에서 들여오는 익숙한 새소리. 그중에서도 내 눈을 사로잡은 것은 골목 구석구석 피어나 있는 꽃이었다.

새하얀 잎을 가진 자그마한 꽃이었다. 그건 내가 어릴 적에도 마을 곳곳에 피어 있는 것이었다. 돌아온 뒤에는 처음 보았는데 골목을 걷다 보니 구석구석 아주 많이 피어 있었다. 어쩌면 마을의 본모습은 외면한 채 내가 보고 싶은 데로 마을을 판단했던 것은 아닐까 생각이 들었다.

조금 피로해진 나는 그늘에 멈춰서 하얀 꽃을 내려다보고 있었다. 그때 어디선가 까르르 웃는 소리가 들려왔다. 소리는 점점 가까워졌다. 곧 골목 어귀에서 아이들 몇 명이 나타났다. 아이들의 피부는 짙은 빛깔이었다. 바닷가 마을의 햇살 때문은 아니었다. 공장에서 일하는 외국인 노동자들의 자식들이었다.

내게 가장 익숙한 풍경 속에서 낯선 피부색의 아이들이 뛰놀기 시작했다. 그런데 그 모습 하나하나가 너무 낯익었다. 술래잡기, 땅따먹기, 말뚝박기. 어린 내가 친구들과 놀 때 하던 놀이를 그들이 똑같이 재현하고 있었다. 그들의 목소리와 웃음소리 행동 하나하나가 정겨워지기 시작했다.

내 발치로 공 하나가 스르르 굴러왔다. 아이들이 경계의 눈빛을 보내며 나와 공을 번갈아 바라보았다. 부스스 자리에서 일어나며 발로 공을 툭 차 아이들에게 건넸다. 다시 공을 주워든 아이들은 언제 그랬냐는 듯 다시 놀이를 시작했다. 웃음소리를 뒤로한 채 나는 다시 골목을 걷기 시작했다.

마을은 내내 거기 있었다. 밤바다의 풍경과 내 방의 모습이 그러했던 것처럼. 달라진 것은 단 하나. 바로 나였다. 그런 마음을 안고 계속 걸었다. 떨쳐지지 않는 마음이었다.

밤이 찾아오는 중인지 멀리 보이는 수평선 아래로 해가 사라지고 있었다. 탁탁탁탁, 작고 재빠른 발걸음 소리가 등 뒤에서 들려왔다. 아까 그 아이들인가 싶어 나는 뒤를 돌아보았다.

거기 내가 서 있었다. 월포리 곳곳을 자유롭게 뛰놀던 어린 나였다.

아이의 눈에는 밝고 힘찬 마음이 깃들어 있었다. 갓 떠오른 태양처럼 오래 바라보기 힘들 정도였다. 놀란 나는 아무것도 할 수 없었다. 드디어 내가 미친 것인지, 혹은 깜빡 잠에라도 든 것인지. 여러 경우의 수를 꺼내 보았다. 하지만 무엇 하나 확실한 것이 없었다. 아이를 향해 손을 뻗은 건 지푸라기라도 잡아보려는 심정이었다.

타박타박. 아이는 내가 뻗은 손을 가볍게 스쳐지나 어디론가 걸어가기 시작했다. 아이가 내게서 멀어지자 왜인지 불안해졌다. 나는 얼른 몸을 돌려 아이를 따라나섰다.

닿을 듯 닿지 않는 거리를 유지하며 아이는 계속해서 앞으로 걸어 나갔다. 타박타박. 아이의 발소리는 규칙적이었다. 어느 순간부터는 나도 그 발소리에 맞춰 걷게 되었다. 그러다 보니 문득 내가 아이와 발소리로 대화 비슷한 걸 하고 있다는 기분마저 들었다.

아닌 게 아니라 아이는 내게 너무나 익숙한 장소로만 나를 안내했다. 그리고 거기 도착하면 역시나 일정한 거리를 둔 채 서서 나를 올려다보았고, 그곳과 연관된 장소를 불현듯 떠올리면 아이는 어느새 그곳으로 가는 길을 앞장서고 있었다.

나는 나에게 안내받는 중이었다. 그 사실이 왜 그리도 안심이 되었을까. 어떤 그늘도 없이 맑은 아이의 얼굴을 바라보았다. 그리고 내 얼굴을 쓰다듬었다. 커다란 흉터가 느껴졌다.

그것을 내 삶의 지표라고 굳게 믿은 채 살던 때가 떠올랐다. 돌이킬 수 없는 막다른 길로 접어들었다는 사실을 잊어보려는 발버둥이었다. 내가 갈 길을 확신한다는 건 지금 나와 함께 걷는 어린 나를 두고 하는 말이었다.

외면하던 사실을 마주한 순간 발소리처럼 심장도 규칙적으로 뛰기 시작했다. 타박타박. 두근두근. 두 소리가 조화로운 리듬 위에서 하모니를 만들어내는 사이 아이는 사라졌다. 내 앞에는 이제 완전히 검게 변한 하늘과 복잡한 골목의 출구가 나타나 있었다.

나는 최 형에게 전화를 걸었다. 최 형은 터미널 바로 앞에 있는 낡은 여관에 묵고 있었다.

방금까지 잠을 자고 있었는지 최 형의 머리는 산발이었다. 회장에게 일을 받고 업장을 키워가며 최 형은 깔끔하게 가르마를 탄 머리만 고집했다. 누구 앞에서 꿀리고 싶지 않다는 마음이었다. 외제차를 산 것도, 강남대로를 달려댄 것도 모두 그런 마음 때문이었다. 나조차도 그걸 유일한 방법으로 여겼다.

그가 내 돈을 개인적인 목적에 썼다면 용서할 수 없었겠지만, 업장 운영에 투자한 것이 분명했다. 참작하긴 싫었다. 더는 그를 원망하고 싶지 않을 뿐이었다. 원망은 지속되고 결국 또 다른 원망을 만들기 때문이었다.

바닥에 엎드리다시피 비굴한 자세로, 최 형은 내게 사정했다. 나는 그런 그를 물끄러미 내려다보았다. 가르마를 너무 많이 하고 다닌 탓인지 정수리가 하얗게 벗겨져 있었다. 아직 그럴 나이는 아니란 생각이 들기도 했지만, 업장을 운영하며 그가 해온 고생을 생각하면 다행인 편이었다. 그러나 내 동정은 거기서 그쳤다.

나는 최 형에게 부동산 양도 계약서를 내밀었다. 내가 가진 차 키도 모조리 그의 손에 쥐여주었다. 그리고 마지막으로 세무사에게 전화를 걸어 최 형에게 바꿔주었다. 세무사는 최 형에게 내가 가진 영등포 업장의 명의를 최 형의 것으로 이전하는 것에 동의하는지 물었다.

한동안 침묵이 이어졌다. 결국 내가 전화를 들고 다시 걸겠다고 말해야 했다. 전화를 끊자마자 최 형은 무릎을 꿇었다. 모든 게 자기 잘못이니 그저 서울에 몸만 와달라는 말을 계속 반복했다. 그러나 내가 할 수 있는 대답 또한 똑같았다.

"형, 우리 갈림길은 여기야. 나는 이쪽으로 갈 거야, 형은 저쪽으로 가."

나는 다시 한번 세무사에게 전화를 걸어 최 형에게 바꿔주었다. 최 형을 거기 둔 채 몸을 돌렸다. 뒤도 돌아보지 않고 걸었다.

터미널을 돌아들어 가는 길목 앞에서 나희가 나를 기다리고 있었다. 골치 아픈 일을 부탁할 때가 되어서야 연락한 것에 기분이 상한 모양이었다. 나는 그녀의 어깨에 손을 올리며 덕분이라고 말했다. 나희는 혹시 몰라 부동산 명의 이전 서류와 차 키를 복사해두었다고 말했다. 그리곤 가방에서 서류 뭉치와 열쇠 꾸러미를 꺼냈다.

나는 그 물건들을 물끄러미 바라보다가 이내 받아 들었다. 그리곤 걸음을 옮겨 터미널을 지나 해변으로 갔다. 방파제 아래, 하얗게 파도가 치는 곳까지 엉거주춤 내려갔다. 나를 뒤따라온 나희는 방파제 위에서 내 모습을 걱정 어린 시선으로 바라보았다.

파도 속으로 서류 더미를 집어던졌다. 검푸른색 바다 아래로 종이들이 서서히 가라앉았다. 그 위로 열쇠 꾸러미도 던졌다. 서류들을 뒤따라 깊은 곳으로 가라앉았다.

"나는 여기 남을 거야. 나한테는 가라 마라 할 권리 없는 거 알지? 너보다 내가 여기 더 오래 지냈어."

방파제를 올라온 내게 나희가 말했다. 나는 작게 웃음을 지은 채 고개를 끄덕였다. 전부 맞는 말이었다. 쓴웃음을 머금은 채 그녀를 보내려던 찰나, 나는 문득 그녀가 어디에 묶을 건지 물어보고 싶었다. 손을 흔들던 내가 일순 묘한 표정을 짓는 걸 나희는 놓치지 않았다. 물어볼 것이 있냐며 먼저 말문을 열었다.

하지만 나는 고개를 가로저었다. 지금 나희에게 느끼는 감정은 좋게 봐야 우정이었다. 애틋하지도, 로맨틱하지도 않은 것이었다. 오히려 이것을 제대로 파악 못하고 행동한다면 유일한 동맹군인 그녀마저 잃게 될지 몰랐다.

그리고 무엇보다 월포리에 온 바로 그날부터 내 마음을 사로잡는 단 한 가지 감정이 나희에게 다가가는 것을 막아서고 있었다. 어쩌면 가은을 마주치게 될지도 모른다는 것이었다. 차오르는 그리움은 다른 어떤 감정보다 앞서 내 모든 행동을 결정했다. 내가 인정하고 싶지 않았을 뿐.

나희도 내 망설임의 이유를 읽은 듯했다. 희미한 미소를 머금고는 어디론가 걸어가기 시작했다. 나는 멀어지는 그녀의 뒷모습을 바라보며 잘한 일이라고, 여기까지가 맞는 거라고 자신을 설득했다.

지친 발걸음으로 집으로 돌아왔을 때, 어머니는 곤한 잠이 들어 있었다. 늙고 병든 그녀의 뒷모습을 물끄러미 바라보던 나는 문득 이런 생각에 잠겼다. 내가 그녀보다 먼저 죽게 되면 어쩌지? 거실의 자그마한 거울에 내 모습이 비쳤다. 잠깐 걸은 것 때문에 숨을 헐떡이며 온몸이 흠뻑 젖은 비대한 몸의 사내. 당장 오늘 밤 자다가 내 살에 내 목구멍이 막혀 죽어버린다고 해도 이상하지 않았다.

혼란과 공포 속에서 나는 놀라운 사실을 깨달았다. 아직 내 안에 삶에 대한 의지가 남아 있다는 것이었다. 최 형에게 내가 가진 전부를 쥐여준 게 삶의 미련을 모두 털어버리기 위한 결정이라고 생각하고 있었기에 더더욱 믿을 수 없었다. 알고 보니 그건 내 몸이 아닌 삶에 끼어 있는 온갖 더럽고 불필요한 것을 갉아내려는 몸부림이었다.

그 사실을 깨달은 날 밤. 나는 아주 오랜만에 깊은 잠을 잤다. 마음이 편안했다. 감은 눈앞에 보이는 온통 검은색뿐인 풍경도 두렵지 않았다. 내일은 내일의 해가 뜬다는 걸 믿을 수 있었다.

다음날, 나는 똑같이 아침 일찍 인력 사무소로 가 일을 받았다. 낯선 외국인들과 일하며 온종일 보냈다. 늦은 오후 퇴근하는 길에는 집 근처 슈퍼에 들러서 과일을 샀다. 전부 맛있어 보여 고민을 거듭하던 나는 사과를 선택했다.

처음에는 빨간 겉모습 때문에 자꾸만 눈길이 갔다. 그런데 들여다보면 들여다볼수록 그 사과가 너무나 투명해 보였다. 어떤 악의도 담겨 있지 않은 사물. 오직 삶과 생명에 대한 의지로 가득한 달콤한 과즙이 흐르는 과일. 신이 신성한 물건으로 지명했던 단 하나의 과일. 왠지 저 사과를 한 입만 먹어도 예전과는 전혀 다른 사람이 될 수 있을 것만 같았다.

내가 양손 가득 사과를 들고 나타나자 어머니는 의아한 표정을 지었다. 지치고 허기져 곧장 사과를 먹고 싶었지만, 그것을 냉장고에 넣어두고 다시 집 밖으로 나갔다. 그리고 무작정 달리기 시작했다. 숨이 턱 끝까지 차고 온몸이 땀으로 젖을 때까지 멈추지 않았다.

처음에는 채 10분도 연속해서 달리지 못했다. 하지만 포기하지 않았다. 매 저녁을 과일로 먹고 매일 퇴근 후 달리기를 하자 점점 쉬지 않고 달릴 수 있는 시간이 늘어났다. 처음에는 사과만 먹고서는 배가 차지 않아 잠이 들지 못했는데, 한 달이 지난 후부터는 사과 몇 알만으로도 배가 충분히 찼고 달음박질하는 다리가 점점 가벼워졌다.

몸이 가뿐해지는 걸 매일매일 느끼며 나는 살아있음을 실감했다. 오토바이와 차에 처박혀 내던 속도는 현실성 없는 것들이었다. 내가 내 발로 만들어내는 속도야말로 인생의 속도이자 삶의 속도였다.

이렇게 달리기와 식단 관리를 하는 동시에 나는 일주일에 두 번은 꼭 동네를 걸었다. 살을 빼기 위해서도, 생각을 정리하기 위해서도 아니었다. 뒤룩뒤룩 쌓이다 못해 결국 썩어버린 마음과 몸을 도려내기 위해서였다. 속도에 심취해 몸과 마음에 구더기가 들끓게 된 것을 미처 살피지 못한 것에 대한 속죄와 회개의 의식이었다.

길을 걸으며 나는 다양한 풍경과 마주쳤다. 내게 너무나 익숙한 풍경, 낯설지만 어딘가 익숙한 풍경, 낯설어서 더욱 알고 싶어지는 풍경. 마을 곳곳에 숨어 있는 모습을 발견하는 사이 살은 빠른 속도로 빠지기 시작했다.

그 사이 계절이 바뀌었다. 마을의 풍경도 조금씩 달라졌는데 왜인지 나는 그것이 너무나 익숙하게 느껴지기 시작했다. 매일매일 마을을 뛰고 걸어댄 탓이었다. 말하자면 싫증이 났다. 그러나 이번엔 어린 내가 느낀 싫증과는 달랐다. 나는 계속 같은 풍경을 보는 탓에 지겨워진 것이 아니라, 내가 보고 싶은 무언가를 보지 못해 조급해지기 시작한 것이다.

가은. 신발이 닳아 두 번이나 바꿀 동안 나는 그녀를 단 한 번도 마주치지 못했다. 그녀가 이곳을 떠난 게 아닐까 싶기도 했지만, 누구에게도 물을 수 없었다. 사막을 헤매는 기분이었다. 나의 내면은 점점 메말라가고 있었다.

결국 나의 예민함이 극에 달하고 말았다. 몸과 마음을 맑게 만들어주던 사과의 달콤함도 어느 순간부터는 구역질 나기 시작했다. 입맛이 없어 아무것도 먹지 못한 탓에 뼈와 살이 달라붙을 정도로 말라 갔고, 달리다가도 기력이 없는 탓에 멈춰 서야 했다. 그럴 때면 이유 모를 욕을 내뱉었다. 걷는 건 당연히 할 수 없었다. 내 옆을 지나는 아이의 웃음소리가 너무도 거슬려 그만 주먹을 내지를 뻔했다.

내가 할 수 있는 거라곤 모두가 잠든 새벽 방파제 앞으로 나가 고함을 질러대는 것이었다. 파도 소리에 고함은 파묻혔지만, 내 마음 안에는 분명한 내상을 입히고 있었다. 나보다 그 사실을 먼저 안건 나희였다.

평소처럼 답답한 마음을 고함으로 해소하고 있던 새벽, 나희가 나를 찾아왔다. 잠이 안 와 산책을 하던 중이라고 했다. 나는 머쓱함을 숨기려 고개를 숙인 채 왜 잠이 안 오는지 물었다. 얼마 전부터 자꾸 누군가의 목소리가 들려 그랬다고 나희는 답했다. 그러면서 나를 물끄러미 바라보았다.

"내버려 둬. 네가 해결할 수 있는 일이 아니야."

내가 말했다.

"이러면 결국 똑같아져. 도망치지 않으려고 온 거잖아."

나희가 내 어깨에 손을 올렸다. 나는 화를 참지 못하고 그녀의 손을 뿌리쳤다.

"말을 바꿔야겠군. 참견 말고 꺼져. 인간은 인간을 구원할 수 없어. 특히 우리 같은 부류는 더더욱. 모르지 않을 텐데."

나희가 한 발짝 뒤로 물러섰다. 나는 그런 그녀를 매섭게 노려보았다. 하지만 그런 눈빛쯤은 그녀에게 아무런 위협도 되지 않았다. 더한 것도 겪어보았을 그녀였다. 나도 내 행동이 유치하다는 걸 알았지만 이미 시작된 울분은 행동을 부추길 뿐 진정시키진 못했다.

몸을 돌려 나희 반대편으로 걷기 시작했다. 그렇게 얼마나 걸었을까. 등 뒤에서 익숙한 소리가 들려왔다. 타박타박. 내가 걸음을 멈추면 그 발소리도 사라졌고, 다시 길을 걸으면 내 발에 맞춰 소리가 들려왔다. 안정적이어서 마음을 편안하게 해주는 박자. 나는 왜인지 안심이 되었다.

발소리가 점점 가까워졌다. 그러다 곧 나를 추월해 내

앞에 섰다. 나희였다. 어린 내가 아니어서 의아했는데, 그럴 틈도 없이 나희는 내게 무언가를 내밀었다. 두껍고 낡은 책이었다. 어딘가 많이 익숙한 책이라 나는 그것을 뚫어져라 살폈다. 나와 나희가, 그리고 가은이 다니던 학교 도서관에 있던 책들이었다.

몇 번이고 눈을 비비고 다시 쳐다보았지만 그건 그 도서관에 있던 책이 확실했다. 이걸 도대체 어떻게 구했는지 물었다. 질문이 잘못되었다고 답하며 나희는 내게 책을 건넸다. 어떻게가 아니라 언제인지를 물어야 했다는 말을 남긴 채 그녀는 나를 지나쳐 걸었다.

책은 총 두 권이었다. 하나는 노인과 바다. 나머지 하나는 표지가 너무 낡아 제목을 알아볼 수 없었다. 하지만 그 책을 만지는 순간 단번에 제목을 알 수 있었다. 정확히는 내게 그 책의 제목이 데미안이라는 걸 알려주던 목소리를 기억했다.

서울에 있을 때 나희가 준 시집을 읽고 마음을 추슬렀던 기억이 났다. 어쩌면 그건 나희 나름의 처방이었는지도 몰랐다. 집으로 돌아온 나는 속는 셈 치고 다시 나희의 진단을 믿어보기로 했다. 기대는 크지 않았다. 내성이 생겼을지도 모르는 일이니까.

그런데 놀랍게도 변화가 일어나기 시작했다. 차마 데

미안은 읽지 못했지만, 바로 그런 이유에서 펼쳐 든 노인과 바다는 그야말로 장엄한 감상을 내게 안겨주었다. 거대한 자연 속 아주 자그마한 존재일 뿐인 인간의 모습을 읽어 내려가며 내 마음의 테두리는 점점 넓어졌다.

그날 밤을 새워 책을 반절 이상 읽어버렸다. 바로 다음 날 저녁에도 시간을 내 책을 읽었다. 그리고 곧장 나희를 찾아갔다. 혹시 책이 더 있냐고 묻자 나희는 찾아올 줄 알았다는 표정을 지으며 다른 책을 몇 권 더 건넸다.

죄와 벌, 100년 동안의 고독, 변신, 수레바퀴 아래서. 나는 그 책들을 받는 족족 거의 먹어 치우듯 읽었다. 나희도 내 탐독 속도에 놀랄 정도였다. 책을 읽으면서 알았다. 사회의 썩은 살을 도려내려 했던 모든 행동이 어느 순간부터 목적을 잃어버렸다는 것을. 나는 그저 행위 자체에만 집착하고 있었다. 내가 원하는 것이 무엇인지 알려하지 않은 채, 알아도 외면한 채.

데미안을 읽기 시작한 건 그런 깨달음을 얻은 날부터였다. 한 글자 한 글자가 가은의 목소리로 들려오는 것은 분명 괴로운 일이었다. 그녀의 숨결과 온기가 책을 읽은 모든 순간 내 곁을 맴도는 것 같았다. 하지만 견뎌내야 했다. 어쩌면 아주 당연한 일이었다. 그걸 외면하는 순간부터 나는 내가 아니게 될 것이 분명했다.

그러자 데미안이 새롭게 보이기 시작했다. 어릴 적에는 도저히 재미를 찾을 수 없던 내용이 이제는 너무나 절절하게 다가왔다. 고뇌하는 주인공과 그 주변 사람들의 면면이 마치 내가 겪어본 인생에 대한 은유처럼 여겨졌다.

처음에는 싱클레어에게 많은 부분을 이입했다. 그런데 어느 순간부터는 이야기 속 아버지들이 눈에 들어오기 시작했다. 성장 속에서 고뇌하는 싱클레어가 아버지를 살해하도록 지시받는 꿈을 꾸는 모습이 단연 마음에 오래 남았다.

그 마음을 오래오래 음미했다. 어쩌면 내가 아버지가 죽게 된 것에 막중한 죄책감을 느끼고 있는 것은 아닐까. 아니었다. 아버지는 늙고 지쳐 죽은 것이었다. 그렇다면 나를 이토록 뒤흔드는 감각은 어디서 오는 걸까.

문득 기억 하나가 스쳤다. 월포리에 살던 어린 시절에도 가물가물했던 기억 하나였다. 기억의 배경은 월포 해수욕장이었다. 해가 막 지기 시작한 터라 황금빛 햇살이 바다 위에서 부서지는 중이었다. 아주 어린 내가 해수욕장 입구에 서 있었고, 젊은 아버지가 내 옆에 서 있었다.

아버지는 내 손을 잡고 해변을 걸었다. 우리 둘의 발

자국이 해변 위로 아로새겨졌다. 하지만 파도가 그 발자국을 지워버렸고 어린 나는 크게 상심했다. 풀 죽은 나를 내려다보던 아버지는 다리를 굽혀 나와 눈높이를 맞추었다.

"발자국이 사라져도, 걸음과 길이 사라지는 건 아니야. 네가 그 거리를 걸으면서 무슨 생각을 했는지 잊지 않는다면 말이지."

아버지의 그 말을 떠올린 순간, 나는 나도 모르게 벌떡 일어나고 말았다. 다른 무엇보다 중요한 것을 나는 잊고 있던 것이다. 내가 산책을 좋아하게 된 이유, 그 안에서 공상과 상상을 즐겼던 이유, 피폐한 삶을 문학으로 치유할 수 있던 이유. 모두 거기 있었다. 어린 나는 아버지와 해변을 걸으며, 마을의 골목골목을 걸으며 많은 상상을 했다. 나의 내면은 그 안에서 풍족해졌다.

*

그날 이후 달리기는 그만두었다. 살은 더 빼지 않기로 했기 때문이다. 살을 빼야 한다는 강박을 벗어던지자 삶은 보다 아름다워졌다. 나는 어머니와 자주 바닷가로 가서 시간을 보냈다. 함께 음식을 만들어 먹었다. 아버지에 기일엔 집안 가득 기름 냄새를 풍기며 제사 음식을 만들었다. 한 상 가득 상을 차려 아버지의 영정 앞에 놓아두었다.

절은 하지 못했다. 기억 속 아버지의 말을 떠올린 후부터는 거실에 놓인 아버지의 유골함도 제대로 마주 보지 못했다. 죄책감이고 나에 대한 한심함 때문이었다. 그런 마음을 나희에게 털어놓았다.

나희와 나는 자그마한 독서 모임을 하기 시작했다. 터미널 앞 오래된 다방에 모여 읽은 책에 대한 감상을 나누었다. 월요일에 읽기 시작해 금요일에 모이는 일정이었다. 책을 전부 읽었는지는 중요하지 않았다. 다만 책에 대해 할 말이 있다는 게 중요했다. 그 시간은 나를 풍족하게 만들어주었다.

"책을 읽으면 어떤 생각이 들어?"

내가 속마음을 토로하자 나희는 물었다. 선뜻 답이 나오지 않았다. 나는 그녀의 질문을 곱씹었다.

"다른 누군가의 삶을 대신 사는 것 같아. 놀라운 건 내가 겪어본 적 없는 삶 덕분에 내 삶의 교훈을 찾는다는 거야."

내 대답에 나희는 희미하게 미소를 지었다. 나는 문득 그 미소에 시선을 빼앗겼다. 초연하고 담담한 미소는 내게 너무 익숙한 무엇이었다.

“이번엔 네 삶을 글로 써보는 건 어때?”

내 눈을 똑바로 마주한 채 나희가 말했다. 그 눈에 담겨 있는 것은 확신이었다. 누구도 무너트릴 수 없을 것 같은 확신. 나는 그런 마음을 가지고 있던 소녀를 아주 잘 알았다.

일순 우리가 앉아 있는 테이블 주변의 공기가 멈춰버린 것 같았다. 오직 나와 그녀의 눈빛만이 서로에게 많은 말을 하는 중이었다.

왜 진작 알아보지 못했을까. 처음 만났던 날도 나는 나희의 미소에 눈길을 빼앗겼다. 다만 그때의 나는 과거를 부러 외면하고 살던 사람이었기에 알아보지 못했다. 늦은 깨달음은 다급함이 되었다.

“가은….”

내가 그녀를 향해 손을 뻗으려 했다.

“오늘은 이만 하자. 너무 늦었다.”

하지만 그녀는 얼른 자리에서 일어나며 내 말을 잘라버렸다. 그녀의 태도에 나는 손을 거둬들일 수밖에 없었다. 그녀는 내게 매번 헤어질 때 하던 것처럼 손을 살짝 든 채 가볍게 흔들며 인사했다. 엉거주춤 일어난 나는 그에 화답하듯 손을 흔들었다. 어색한 미소를 머금은 채 생각했다. 어쩌면 이게 우리의 마지막 인사일지도 모른다고.

불안한 예감은 틀리지 않았다. 그날 이후 그녀는 자취를 감췄다. 묵던 여관에서 짐을 모두 없어졌고, 우리가 독서 모임을 했던 다방에도 나타나지 않았다. 이루 말할 수 없는 상실감을 느꼈다.

하지만 동시에 새로운 가능성이 내 안에서 자라나기 시작했다. 그건 창작에 대한 욕망이었다. 어쩌면 그녀가 말한 것처럼 내 삶에 관해 쓴다면 이 상실감은 물론 나를 끈질기게 괴롭히던 많은 의문을 풀 수 있을지도 몰랐다. 아니해야 했다. 그녀가 내 삶에서 완전히 사라지기 전 마지막으로 건네준 단서니까 말이다. 이것을 외면한다면 내 삶을 완전히 방향을 잃을 게 분명했다.

달리고 걷던 밤에 나는 글을 쓰기 시작했다. 처음에는 어려웠다. 학교도 제대로 나오지 못해 문장이 엉망이었다. 투박한 표현을 몇 번이고 고쳤다. 맞춤법이나 표기법이 헷갈리면 그녀가 내게 주고 간 책을 참고하며 고쳤다.

그렇게 한 달이 지났고, 계절이 바뀌었고, 일 년이 흘렀다. 그녀가 내게 삶을 소설로 써보라 말한 지 딱 1년이 되던 날 늦은 밤. 나는 마침내 나를 온전히 담은 소설을 완성했다.

여전히 유려하진 않았다. 어설펐고 나만 알아볼 수 있을 표현이 가득한 습작이었다. 하지만 글을 쓰며 나는 많은 것을 깨달았다. 전혀 이해할 수 없던 과거의 행동을 이해할 수 있게 되었고, 나를 스쳐 간 많은 인연이 내 인생에 어떤 영향을 끼쳤는지 깨달았다.

글을 쓰기 전과 글을 쓰고 난 후 나는 다른 사람이 되어 있었다. 본능적으로 알 수 있었다. 그리고 바로 지금에서야 할 수 있는 일이 있다는 것 또한 알았다.

조용히 문을 열고 거실로 나왔다. 안방 열린 문 사이로 곤히 잠든 어머니의 등이 보였다. 고요하게 오르락내리락하는 어머니의 가슴을 바라보던 나는 아버지의 영정 앞으로 다가갔다. 달빛이 아버지의 영정과 유골함 위에 가로로 길게 서려 있었다.

나는 무릎을 꿇었다. 그리고 큰 절을 두 번 했다. 백색 유골함을 두 손으로 소중하게 들어 올렸다. 그대로 집을 나왔다. 거리를 걸어 바다에 도착했다.

*

멀리 수평선으로부터 바람이 불어왔다. 날카로운 겨

울 바닷바람이었다. 가장 소중한 것을 잊어버렸던 나를 꾸짖으려는 듯, 왜 이렇게 뒤늦게서야 돌아왔냐고 윽박지르는 듯, 바람이 내 뺨을 철썩 때렸다.

해변의 모래도 바람에 휘말려 불어왔다. 차가운 알갱이들이 눈으로 들어오게 되었다. 몸을 허우적거리며, 나는 따가운 눈을 비볐다. 눈물이 흐르고 눈두덩이가 붉게 변했다. 따갑고 화끈거릴 정도로 눈을 비빈 후에야 모래 알갱이들을 전부 빼낼 수 있었다.

뿌옇게 번져버린 시야 속 바다는 바로 전까지와 전혀 다른 모습을 하고 있었다. 수평선에서 빛나고 있는 등대의 불빛, 파도 위에서 부서지는 달빛, 해변의 모래 알갱이 하나하나가 커다랗게 난반사되어 내 눈을 가득 채웠다. 그것들이 점점 커질수록 그 안에 적힌 빼곡한 글귀들이 보였다.

그건 내가 쓴 글이었다. 내 인생이 전부 담긴 글들이 내 앞에 펼쳐져 있었다. 나는 그 길 위로 발을 내디뎠다. 타박타박. 이때까지 계속 내 뒤에서 들려오던 발걸음 소리가 처음으로 나와 나란히 들려오기 시작했다.

그 소리를 나침반 삼아 앞으로 나아가며 나는 유골함을 열었다. 하얀 뼛가루가 담겨 있었다. 조심스럽게 그것을 쥐어 내 옆으로 밀려왔다 밀려가는 파도 위에 뿌렸다. 동시에 나는 내 눈앞에 펼쳐진 글자를 읽었다. 아팠던 기억, 방황하고 외면하던 기억, 뒤늦게 깨달은 모든 소중한 것에 대한 기억, 그리고 아버지와의 소중한 기억까지 모두 담긴 글을 소리 내 읽었다.

*

걸음은 계속되었다. 해변에 내 발자국이 새겨졌다. 쏴아, 소리를 내며 파도가 그 위로 밀려들었다. 그리고 하얀 거품을 일으키며 물러갔다. 발자국은 파도가 지나간 자리에 그대로 있었다. 사라지지 않고 나를 따라왔다.

이제야 나는 내가 어디로 가야 할지 안다.

# 시인의 말

우리는 필연적으로 걷습니다. 이 걸음은 거리 위에 리듬을 새겨 넣습니다. 이 또한 필연적인 현상입니다. 걷는 속도, 호흡, 걸음 속의 사유 등 많은 것들이 리듬을 만들어냅니다. 하지만 우리는 그 리듬을 인식하지 못합니다. 거대한 사회 구조 속에서 무력해지고 그 구조가 만들어내는 휘황찬란한 풍경과 속도에 압도되어 자신이 걷는 것조차 주체적으로 인식하지 못하고 망각하기 때문입니다.

저 역시 매 순간 무언가에 빠져 있었습니다. 빠져 있음을 빼고는 제 삶에 대해 이야기할 수 없을 정도로. 사회라는 구조와 그에 대한 반발심, 나라는 사람의 내면, 나의 내면으로 들어오려던 감상과 유혹, 그 외의 모든 것들에 깊이 몰입해 살았습니다. 내면의 사유와 고민 위에 외부의 여러 자극들이 합쳐지며 삶의 리듬이 만들어졌고 이리저리 변형되며 다채로워졌습니다. 몰입 속에서 지나온 삶이라는 거리와 걸음, 그 리듬을 책에 담았습니다.

1장 '걸음'과 3장 '거리'에는 IMF라는 거대한 사건, 그로 인해 당시 사회가 만들어냈던 구조적이고 망각적인 리듬, 가족, 학교, 친구, 동료 등 미시적인 관계가 제 삶을 뒤흔들었던 시기를 자전적 에세이 형태로 담았습니다. 외부와 끊임없이 불협화음을 만들고 말썽만 일으키는 스스로를 받아들이기 힘들어 아파했던 시절의 기억을 각색하고 재구성한 이야기입니다. 따라서 실제 제 삶과 조금 먼 부분도 존재합니다. 하지만 이야기 속 모든 사건과 인물 관계에는 제가 삶에 대해 가지고 있는 사유와 관념을 메타포로 담아냈습니다.

탄생의 공간인 월포리에 어느 순간 싫증을 느껴 가족을 벗어난 새로운 세상을 꿈꾸고, 그 소망을 달성하기 위해 최 형과 또 다른 형태의 가족 관계를 만들고, 낯선 서울에서 새로운 삶을 개척하는 소년의 모습. 이야기의 큰 흐름 속에는 가족으로 대표되는 개인과 개인의 사소한 구조를 깨고 서울이 의미하는 거대한 사회이자 월포리의 리듬을 압도하는 거대하고 압도적인 리듬 속으로의 편입, 즉 필연적인 성장을 뜻 합니다.

이 성장 속에서 주인공은 새로운 삶을 경험합니다. 곧 그 삶에 익숙해지고 자기 나름의 생각과 행동, 즉 자기만의 리듬을 만들어 내기 시작합니다. 그 과정에서 닥쳐오는 수많은 유혹과 위협은 성장통을 겪으며 자기만의 리듬을 더욱 공고히 하는 삶의 대한 은유입니다.

가장 중점적으로 묘사하고자 했던 관념은 속도입니다. 휘황찬란한 서울에 깊이 몰입해 사는 사이, 도시의 속도와 리듬은 어느 순간 제 삶을 통제하기 시작했습니다. 그것을 즐기며 산다고 생각하고, 그것을 즐기는 나야말로 앞선 사람이라고 믿었습니다. 그러나 오해고 오만이었습니다. 가은이라는 인물의 변형이자 원형이기도 한 나희의 등장으로 그 사실을 깨닫는 것은, 가장 개인적인 경험을 통해서만 사회가 규정한 나의 문제점을 확인할 수 있다는 사유에서 비롯되었습니다.

또한 가은과 나희는 문화와 예술을 향한 인간의 원초적 본능이자, 그를 향한 회귀의 의미를 가지고 있습니다. 예술에 대한 욕망은 기본적으로 사랑에 대한 욕망과 그 맥을 같이 합니다. 이 욕망이자 빠져 있음은 가은을 향해 품었던 사랑의 감정이 이루어지지 못했을 때 붕괴되지만, 나희를 만나면서 다시 한번 예술에 정진하며 비로소 완성됩니다. 이 변화를 통해 인간의 가장 솔직한 본능과 몰입으로의 회귀, 그를 통한 새로운 신념과 가치관을 드러내고자 했습니다.

빠져있음 자체가 나쁜 것은 아니라고 생각합니다. 또 다른 몰입, 즉 가은과 나희가 주인공의 삶을 변화시키듯 사랑에 대한 몰입은 규정된 의미를 벗어나 사랑이라는 초월적 리듬 위에서 자유롭게 춤을 추는 듯한 감정을 느끼게 하기 때문입니다. 따라서 빠져 있어도 좋습니다. 하지만 무엇에 빠져 있는지 스스로 질문을 해야 합니다. 사회는 미디어와 같은 수단을 통해 몰입해야 할 것을 강제로 지정하기도 합니다. 그 속에는 속임수와 모순이 도사리고 있을 수도 있습니다. 이를 각성하고 새로이 사유하는 것. 가은과 나희을 통해 성장하는 주인공을 그리며 표현하고자 했습니다.

2장이 앞선 1장의 내용과 연결이 매끄럽지 않은 것은 이 책을 통해 전달하고자 한 내용에 충실한 기획입니다.

2장이 드로잉과 시로 이루어진 이유는 삶의 이치와 일맥상통합니다.

연속되는 듯 여겨지는 삶이 잠깐 멈추는 순간이 있습니다. 무언가를 깨달을 때, 불안이 엄습할 때처럼. 대체로 그런 상황은 갑자기 찾아옵니다. 이들은 삶을 조각내고 분절시킵니다.

당장 오늘 하루의 기억과 이미지도 서로 연결되어 있기 어렵습니다. 과거를 떠올리려 노력해도 모든 순간을 구체적으로 기억할 수 없습니다. 우리는 특정 장면, 계시와 깨달음 사랑이 시작되는 순간 등을 단편적으로 기억합니다. 그 사이를 이어주는 것은 시의 행간처럼 우연하고 해석을 요하는 지점들입니다.

갑자기 찾아오는, 떠오르는 사건들은 잠시 동안 우리는 멈추게 합니다. 이 멈춤 속에서 우리는 주위를 인식할 수 있습니다. 혼란과 불안 속에 리듬을 잠정적 중지시키고 내면의 소리, 외부의 소리에 귀를 기울일 수 있습니다.  2장 리듬에는 빠져 있게 만드는 사회적 구조와 그 폭력성에 대한 고찰을 담았습니다. 어디로 향하는지 모를 걸음을 잠시 멈추고 내면으로 사색한 시간들을 시로 그려냈습니다.

시와 함께 드로잉을 활용한 것은 기억과 그 속의 단편

적인 이미지가 이어지지 않다는 것을 강조하려는 의도였습니다. 우리는 모든 이미지를 자세히 기억하지 못합니다. 뼈대만 어렴풋이 기억할 뿐입니다. 이를 표현하기 위해 과거의 몇 가지 기억을 삽화로 넣었습니다. 그 안에 나만의 걸음이자 리듬을 통해 거리로 나오고 삶의 리듬을 재조정한 제 사유를 담아냈습니다. 드로잉의 여백에는 독자 여러분의 기억을 채워 재해석하고 의미를 새롭게 부여할 수 있길 기원합니다.

에세이 안에는 간단하게 표현했지만, 귀향 후 집에 틀어박혀 1년이라는 시간을 단절과 절망 속에 보냈습니다. 그때 책과 사랑에 대한 감정들이 큰 위로가 되었습니다. 그 위로 속에서 다시 몸을 일으킬 수 있었습니다.

3장 '거리'에 담고자 했던 내용은 간단합니다. 우리는 필연적으로 걷습니다. 사회와 구조는 우리의 걸음을 멈추지 못합니다. 거짓 모순과 자극으로 잠정적 중지는 시킬 수 있겠지만, 완전한 정지는 걸음을 걷는 우리의 리듬이 끊길 때, 사유가 멎고 감정이 싸늘하게 식을 때, 즉 죽음에 이르러서야 비로소 가능하듯이.

이 사실을 모른 채 잘못된 것에 빠져들어 왜곡된 잠정

적 중지 상태에 빠져 있던 제 자신과, 그 모순을 벗어나게 해 준 젊은 나날의 사건들, 시와 소설이라는 예술에서 찾았던 위로를 이야기하고 싶었습니다. 그 모든 사건을 겪은 제가 이제는 내면의 걸음과 소통할 수 있게 되었다는 것을 말하고 싶었습니다.

호기심과 루머, 막연한 미래, 사회라는 구조와 잡다한 노이즈는 실존을 보지 못하게 합니다. 혹은 실존이라는 무거운 짐을 지기 부담스러워 부러 외면하는 것일지도 모릅니다. 이런 이유로 모든 시대 속에서 청춘은 방황했고, 따라서 그 방황은 정당하고 당연합니다. 불안을 느끼는 모든 사람과 격량의 시대 속 청춘들, 그리고 제 자신이 무언가에 빠져들 수 있길 바랍니다. 그것이 건강하고 즐거운 몰입이 되길 기도합니다.

마지막으로 드로잉 김현진 작가님과 파트별 도움을 주셨던 이석화님 그리고 저에게 가르침을 주셨던 서프 작가님께 감사를 드립니다.

글과 시는 끝이 없는 돌림노래라고 생각합니다. 마침 같은 의견을 공유했던 작가님들의 도움과 조언으로 저의 이야기를 완성할 수 있었습니다. 상징계에 질서에 포섭되지 않고 상상계의 진리를 추구하는 젊은 예술가 분들과 함께해서 영광이었습니다. 드로잉의 여백과 글의 여백에서 글을 읽는 독자님의 눈앞에 새로움이 피어나길 바랍니다.

추상적인 예술이 위대한 것이 아니라 인간의 삶이 위대하기에 그것을 담아낸 예술이 위대한 것입니다. 따라서 우리는 문화 예술의 의미, 그 추상 속의 감상과 리듬을 더욱 자주 적극적으로 받아들여야 합니다. 그러기 위해선 많은 경험을 쌓아야 합니다. 이 경험은 우리에게 이런 질문을 던집니다. 나는 누구인가? 나는 나에게 타자일 수 있지 않나? 실존에 대한 질문이 이어지며 우리는 진정한 삶의 의미를 찾아갈 수 있습니다.

글과 시를 읽는 것. 예술 작품을 감상하며 사유하는 것은 존재와 진리에 대한 경험을 쌓는 것 아닐까요. 이러한 물음이 쌓이고 쌓이면 우리는 현존재이자 예술가가 됩니다.

우리는 원래 모두 예술가였습니다.

모든 사람이 원래 직업이었던 예술가의 소명을 되찾아 세상이 보다 아름다워지길 소망합니다. 죽기 전까지 필연적으로 이어져야 하는, 동시에 단 한 번 밖에 허락되지 않은 삶이라는 걸음 속에서 자신만의 리듬을 찾고 그 리듬이 영혼의 리듬과 맞닿는 과정을 통해 내면을 성찰하길. 험난한 걸음을 잠시라도 가볍게 할 예술과 사랑을 향유하길. 사회 구조가 내는 시끄러운 노이즈와 자발적으로 걷지 못하게 하는 정신 사나운 리듬 속에서 각자의 걸음과 리듬을 찾길 기원합니다.

노래와 글, 그리고 책이 된 제 리듬처럼 당신의 삶 또한 예술이라는 리듬을 찾아 아름다운 노래가 될 수 있길 기도합니다. 그리하여 우리의 리듬이 서로를 보듬는 돌림노래가 되어 함께 부를 수 있는 날이 오길 소망합니다.

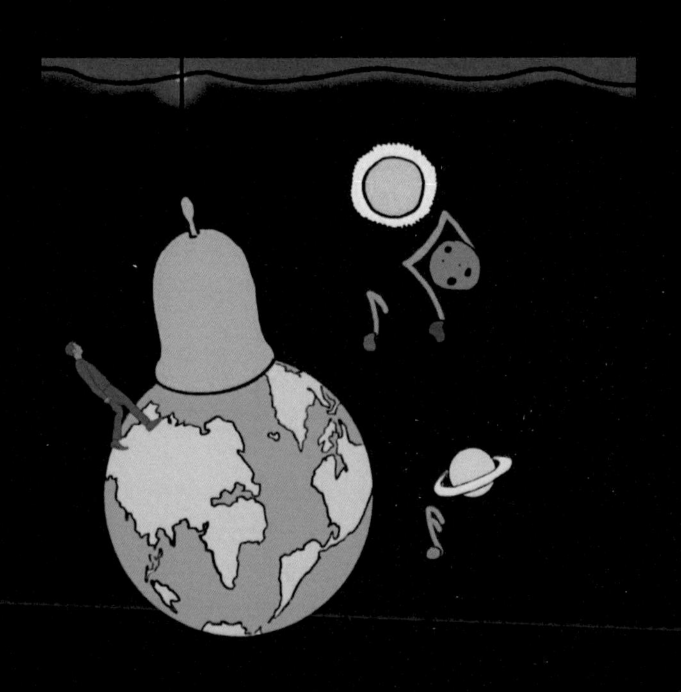

자신만의 걸음과 거리 속 리듬을 찾길 소망합니다.

백승진 드림